Deseo™

WITHDRAWN

# Exquisita seducción
## CHARLENE SANDS

HARLEQUIN™

Editado por HARLEQUIN IBÉRICA, S.A.
Núñez de Balboa, 56
28001 Madrid

I.S.B.N.: 978-84-687-3191-9
Depósito legal: M-16566-2013
Editor responsable: Luis Pugni
Fotomecánica: M.T. Color & Diseño, S.L. Las Rozas (Madrid)
Impresión en Black print CPI (Barcelona)
Fecha impresion para Argentina: 24.2.14
Distribuidor exclusivo para España: LOGISTA
Distribuidor para México: CODIPLYRSA
Distribuidores para Argentina: interior, BERTRAN, S.A.C. Vélez
Sársfield, 1950. Cap. Fed./ Buenos Aires y Gran Buenos Aires,
VACCARO SÁNCHEZ y Cía, S.A.

# Prólogo

*Rancho Río Salvaje, Texas*

Golpeó una cerilla contra la suela de su bota y guio la llama hasta el cigarrillo que tenía entre los labios. Carter McCay aspiró hondo y cerró los ojos mientras las imágenes de soldados caídos contra las que llevaba mucho tiempo luchando le inundaban la mente. Era un ritual que hacían todos los que habían tenido la suerte de volver a casa muchos años atrás. El primer día de cada mes, veintitrés antiguos marines se encendían un cigarrillo y recordaban Afganistán.

El ronroneo del río lo sacó de aquellos pensamientos. Se apoyó en un viejo roble y observó las rítmicas ondas del río Salvaje, que ya no eran tan salvaje como antaño. En aquella parte era tranquilo y estaba protegido del abrasador sol de Texas.

El perro se tumbó a sus pies y gimoteó al olfatear el humo.

Carter se levantó el sombrero Stetson y lo miró a los ojos. Era normal que al animal no le gustase el humo. Aquel perro había visto demasiado, sabía demasiado.

–Has sido tú quien me ha seguido hasta aquí, amigo.

Tiró el cigarrillo y lo aplastó contra el suelo con la bota antes de agacharse al lado del *golden retriever* y darle una palmada en la cabeza. El perro metió esta entre las patas y suspiró profundamente.

–Sí, ya lo sé. Lo pasaste muy mal –le dijo Carter, contento de haber podido sacarlo de casa de su padre.

La casa en la que él había crecido no estaba hecha para un perro.

El teléfono móvil sonó. Carter se lo sacó del bolsillo trasero y miró la pantalla. Era un mensaje de texto de Roark Waverly. No había tenido noticias de su compañero desde hacía meses, pero no le extrañó recibir su mensaje precisamente ese día.

–Es probable que acabe de encender también un cigarrillo –murmuró.

Pero el contenido del mensaje de Roark lo sorprendió y tuvo que leerlo dos veces:

*C., me he metido en un lío. Ponte en contacto con Ann Richardson, de Waverly's. Dile que la estatua del Corazón Dorado no es robada. No puedo fiarme de los canales de Waverly's.*

*R.B.*

Carter frunció el ceño. ¿De qué demonios iba aquello?

4

Tras cumplir con el servicio, Roark se había dedicado a recorrer el mundo en busca de objetos de gran valor que después se vendían en la casa de subastas Waverly's, con sede en Nueva York. A lo largo de los años, Roark había estado en apuros varias veces y siempre había solucionado sus problemas solo. De hecho, le había salvado la vida en Afganistán evitando que le explotase un coche bomba.

–Vamos, Rocky –dijo, dirigiéndose al todoterreno sin mirar atrás. Sabía que el perro de su padre lo seguiría. No podía ser más leal–, tengo que hacer unas averiguaciones.

Dos horas más tarde su primo Brady llamó a la puerta y Carter lo hizo pasar al salón. Era una de las habitaciones que había arreglado cuando heredó el rancho Río Salvaje de su tío Dale. Con el paso de los años, con un poco de suerte y mucho trabajo, Carter había convertido el pequeño rancho de su tío en uno de los más grandes e importantes de Texas.

Le tendió a Brady una copa de brandy.

–Toma, primo.

Este sonrió.

–Son alrededor de las cinco, ¿puedes decirme por qué estamos bebiendo tan pronto?

–Porque, gracias a ti, me marcho a Nueva York mañana.

–¿Gracias a mí, qué tengo yo que ver con Nueva York?

Carter no podía contarle el contenido del

mensaje de Roark por mucho que confiase en él, pero sí podía compartir el otro motivo de su viaje. Al informarse acerca de la casa de subastas para la que Roark trabajaba en Nueva York, se había enterado de que ese fin de semana iban a subastar los anillos de diamantes de la legendaria estrella de Hollywood Tina Tarlington, recientemente fallecida. Carter tenía planeado adquirir uno de ellos y, al mismo tiempo, transmitir a la directora ejecutiva de Waverly's el mensaje de Roark.

—Fuiste tú quien me presentó a Jocelyn, ¿no? —le preguntó Carter.

—Eso no puedo negarlo. Fui yo.

—Pues en estos momentos está en Nueva York, visitando a una amiga.

—No te sigo.

—Pretendo reunirme con ella allí y pedirle que se case conmigo.

Brady lo miró sorprendido.

—¿Pretendes casarte con Jocelyn Grayson? No sabía que lo vuestro fuese tan en serio.

—Pues sí. Y llevo varias semanas buscando el anillo de compromiso adecuado. Si todo sale tal y como lo tengo planeado, pronto será mi prometida.

—¿De verdad estás enamorado de Jocelyn? —preguntó Brady con cierta incredulidad.

Carter tenía que admitir que estaba yendo un poco rápido, pero se había enamorado nada más conocer a la nieta del vecino de

Brady. Por eso, menos de un año después, estaba dispuesto a comprometerse. Y sabía que la impresionaría con un anillo de Tina Tarlington aunque Jocelyn procediese de una buena familia de Texas.

—Está hecha para mí, Brady.

—En ese caso, enhorabuena —le respondió su primo.

Carter levantó su copa. Había tomado una decisión y estaba deseando ver la cara que pondría Jocelyn cuando le pidiese que se casase con él con el anillo de diamantes en la mano.

—Por Jocelyn.

Brady dudó un instante y miró a Carter a los ojos antes de levantar su copa también.

—Por Jocelyn —repitió.

Se bebieron el licor, pero Carter no vio en el rostro de su primo la sonrisa que había esperado.

# Capítulo Uno

Macy Tarlington nunca sabía si sus disfraces iban a funcionar o no. Ese día se había tapado el pelo rizado y moreno con un pañuelo beis y llevaba unas gafas de sol que le ocultaban los ojos violetas, al parecer, con éxito. No la habían seguido, afortunadamente. Se parecía demasiado a su madre, cosa que, en general, no era mala. Su madre había sido famosa por su belleza, pero parecerse a la adorada reina del cine había hecho que muchos paparazzi se sintiesen atraídos por ella, como moscas a la miel. Creían tener derecho a violar su intimidad solo por ser quien era, en especial, después del fallecimiento de su madre.

A pesar de que Tina Tarlington había sido famosa en el mundo entero, en realidad nadie la había conocido como ella.

Macy fue poniéndose cada vez más nerviosa al aproximarse a la casa de subastas que había en Madison Avenue acompañada de su buena amiga Avery Cullen, que no se parecía en nada a las típicas niñas ricas estadounidenses.

–Siento ir tan pegada a ti –le susurró–, pero no puedo evitarlo.

Avery le sonrió de manera cariñosa y la agarró del brazo, tranquilizándola.

—No te preocupes, Macy. He venido a apoyarte.

Con los ojos ocultos tras las gafas de sol, Macy estudió todo lo que la rodeaba. Entró en la sala, grande y elegante, en la que iba a tener lugar la subasta.

—No sabes lo mucho que te agradezco que me acompañes —le dijo a su amiga.

Avery había ido desde Londres, donde vivía, para estar allí con ella.

—Sé lo duro que es para ti.

—Duro y, por desgracia, necesario. Se me encoje el estómago solo de pensarlo.

Avery le apretó la mano.

—Esas dos sillas de atrás, las que están junto al pasillo, son nuestras —susurró Macy.

Mientras iban hacia ellas, Macy se dio cuenta de que eran las dos únicas que estaban libres. Incluso muerta, Tina Tarlington seguía atrayendo a las masas.

Una azafata se acercó inmediatamente a darles un catálogo de los objetos que se iban a subastar y, después de una breve conversación, Macy le dio las gracias con un movimiento de cabeza a la mujer que había de pie al frente de la sala. Ann Richardson, directora ejecutiva de Waverly's, con la que había negociado Macy, la saludó en silencio antes de dar la mano a las personas que había en la primera fila. Para la señorita Richardson era importante que la subasta se desarrollase sin problemas, ya que Waverly's se llevaría una buena comisión.

Macy abrió el catálogo y lo hojeó. Vio los objetos que habían pertenecido a su madre, con una descripción y el valor aproximado de los mismos. El primero hizo que se le saltasen las lágrimas.

El día de su décimo cumpleaños, justo cuando la fiesta iba a empezar, su madre había llegado directamente de un rodaje. A Macy no le había importado que llegase tarde ni maquillada y vestida para la película en la que estaba trabajando, se había lanzado a sus brazos y la había abrazado con tanta fuerza que Tina no había podido parar de reír. Había sido mágico, uno de los mejores cumpleaños de su vida.

La descripción que se hacía en el catálogo del vestido de seda rosa que su madre llevaba ese día era: «Vestido de Tina Tarlington en la aclamada película *Sed de venganza*, de 1996».

Toda la vida de su madre parecía reducirse a una frase y unos números. El dolor de estómago de Macy se agravó.

Recorrió la sala con la mirada mientras esperaba a que empezase la subasta y encontró la distracción que necesitaba en un hombre muy guapo que llevaba un sombrero Stetson y estaba sentado al otro lado del pasillo. Tenía la cabeza agachada y parecía concentrado en el catálogo. Vestía camisa blanca y un traje de chaqueta que le acentuaba la solidez de los hombros. El broche de la corbata de cordón brillaba bajo la luz de las lámparas de araña. Tenía un perfil fuerte, la mandíbula cuadrada e iba bien afeitado. Giró la cabeza y la miró un instante, como si se hubiese dado cuenta de que lo estaba observando. Macy contuvo la respiración. Por suerte, el hombre siguió estudiando la habitación.

Cuando la había mirado le había parecido todavía más guapo y atractivo. Había sentido calor por todo el cuerpo y aquella era una sensación desconocida para Macy.

En vez de dolor, sintió un cosquilleo en el estómago. Qué extraño.

Siguió observándolo, contenta de ir disfrazada.

El vaquero miró a su alrededor y hacia el podio varias veces, parecía impaciente.

Un minuto después, Ann Richardson subió al estrado y dio la bienvenida a todo el mundo antes de entregarle el micrófono al subastador. La subasta empezó y Macy fue testigo de cómo, uno por uno, los postores iban levantando sus palas para pujar por el primer vestido.

La dulce Avery siguió callada a su lado y le apretó la mano cuando terminó la primera subasta.

—Recuerda que tu madre querría que lo hicieras —le susurró entonces a Macy.

Esta asintió y cerró los ojos un instante. Era

cierto. Su madre había adorado sus posesiones, pero no había administrado bien el dinero. No obstante, siempre le había dejado claro a Macy que ella, y no su profesión ni sus joyas, era lo más importante, lo que más quería en la vida. A pesar de los errores que Tina había cometido, Macy siempre se había sentido querida. Cuando su padre, Clyde Tarlington, había fallecido diez años antes, Tina no se había venido abajo y había demostrado que siempre había que luchar contra las adversidades.

Macy volvió a mirar al vaquero que había al otro lado del pasillo. Se había quitado el sombrero al empezar la subasta; imaginaba que por respeto a las personas que estaban sentadas detrás de él. Tenía el pelo rubio oscuro grueso y rizado. El sombrero descansaba en su pierna y Macy deseó ocupar su lugar.

Sonrió solo de pensarlo y se le aceleró el corazón.

Estaba empezando a aprenderse su rostro. Era una buena diversión, una distracción de la que no podía deshacerse. Se sentía atraída por él y no sabía por qué. Macy vivía en Hollywood y estaba acostumbrada a ver hombres guapos.

No, no era el físico lo que la atraída de él. Era otra cosa. Era la seguridad que desprendía a pesar de parecer incómodo en aquella subasta.

Eso era lo que le gustaba de él.

Tenía la sensación de que habría estado mucho más cómodo pujando por un buey de grandes cuernos.

Eso también le gustaba de él.

Rio en silencio. Tenía que dejar de soñar despierta. Volvió a fijar su atención en la subasta, agradecida de poder pensar en el vaquero mientras se malvendía toda la vida de su madre.

Pronto saldrían a subasta los anillos de diamantes de su madre.

Sintió pena por las personas que fuesen a comprarlos.

Tres anillos de diamantes. Tres matrimonios fracasados.

–Los anillos están malditos –le susurró a Avery.

Esta asintió suavemente.

–Entonces, te alegrarás de deshacerte de ellos.

Eso era cierto. Se alegraba y mucho. Aquellos tres anillos representaban el dolor de los tres horribles matrimonios de su madre. No obstante, no se lo había dicho a la prensa. Necesitaba demasiado el dinero. Los tres diamantes tenían su historia y, por desgracia, Macy la conocía demasiado bien.

En primer lugar se iba a subastar el diamante de tres quilates que Clyde Tarlington le había regalado a su madre. Era una pieza única, preciosa, sin duda la más exquisita de las tres.

Avery la empujó con el hombro.

13

—Mira —le dijo—. El guapo vaquero al que no le has quitado ojo en toda la tarde se está preparando. Apuesto a que quiere uno de los diamantes.

Carter deseaba tanto aquel anillo que estaba dispuesto a gastarse una pequeña fortuna en él si era necesario. Gimió de impaciencia.

La elegante señora que estaba sentada a su lado lo miró con desaprobación.

Al parecer, la había ofendido.

Pero como él estaba de muy buen humor porque estaba a punto de comprometerse todo, se disculpó con una sonrisa.

La mujer agarró su bolso con fuerza y se apartó sin devolverle la sonrisa. Era evidente que pensaba que Carter no encajaba allí y que no aprobaba su presencia.

Y él estaba de acuerdo. No le gustaban las multitudes, los espacios pequeños ni el ruido del tráfico de Nueva York, pero tenía dos buenas razones para asistir a aquella subasta.

El anillo de compromiso que estaba decidido a comprar y el amigo al que estaba decidido a ayudar. Ambos eran importantes y podían cambiarle la vida.

Le vino a la cabeza el artículo que había leído esa mañana en el New York Times acerca de una posible confrontación entre Waverly's y su rival, Rothchild's. El artículo dejaba en mal lugar a Waverly's y le había hecho dudar acerca de si debía asistir a la subasta.

Él siempre tomaba buenas decisiones desde el punto de vista económico y si se hubiese tratado de otra casa de subastas, no habría ido, pero su amigo Roark era una apuesta segura. Si Roark confiaba en Ann Richardson y en Waverly's era porque eran de fiar.

La directora ejecutiva estaba sentada a un lado de la sala, supervisando la subasta. Carter no la había perdido de vista porque no había podido hablar con ella antes de que comenzase la subasta y no podía marcharse de allí sin darle el mensaje de Roark.

Estaba nervioso porque, después de treinta y un años de soltería, estaba preparado para comprometerse y casarse con una mujer.

El subastador anunció por fin la famosa joya.

—El diamante de talla esmeralda es de tres quilates, pureza VS1 y color D, y está rodeado de tres diamantes de talla *baguette* cuyo peso total es de uno coma cuatro quilates. El precio de salida es de cincuenta mil dólares.

Carter levantó su pala para pujar.

Otras tres personas lo siguieron.

Cuando quiso volver a pujar, el anillo iba por los setenta mil dólares. Toda la sala estaba en silencio. Carter tuvo la sensación de que había cuatro personas interesadas por la joya, y todas volvieron a levantar su pala.

Carter pujó de nuevo.

Dos de los otros postores se rindieron y Carter tuvo que enfrentarse solo al tercero.

La cosa estaba entre él y una persona sentada en las primeras filas a la que no veía, pero que, al parecer, no quería ceder.

Cuando vio que el precio del anillo se doblaba por segunda vez, desistió. Era evidente que su oponente tenía unos medios ilimitados y que quería la joya a toda costa. Él, por su parte, era demasiado sensato como para pagar más del doble de lo que valía el anillo. Cuando el subastador bajó el martillo para zanjar la subasta, Carter se incorporó ligeramente y giró el cuello para ver quién se había llevado la joya. Era una mujer joven vestida con un austero traje de chaqueta y que sonreía con satisfacción.

Carter frunció el ceño. Odiaba perder.

El siguiente anillo tenía un valor menor que el primero, pero el diamante era de dos quilates y muy bonito. Había sido un regalo de Joseph Madigan, tercer marido de Tina Tarlington. Carter pensó que tenía que ser suyo.

–A la una. A las dos. Les advierto que estamos a punto de cerrar el lote.

Se hizo un breve silencio y entonces el martillo golpeó el podio.

–¡Vendido!

Carter se sintió satisfecho. El anillo era suyo. Había atravesado el continente para comprar un anillo de compromiso con el que impresio-

16

nar a Jocelyn y a la noche siguiente se lo serviría en bandeja de plata.

Cuando la subasta hubo concluido, Carter fue a recoger el anillo y el certificado de compra. Alcanzó a Ann Richardson cuando ya estaba saliendo de la habitación.

–¿Señorita Richardson?

La mujer, que era alta y rubia, se giró, y a Carter le sorprendió que fuese tan joven.

–¿Sí?

–Discúlpeme, pero necesito hablar con usted en privado.

–¿Hay algún problema con su compra? Ha conseguido un anillo precioso.

–No, estoy contento con el anillo.

–Me alegro. Espero que lo disfrute –comentó Ann con cautela.

–Seguro que sí –respondió él sonriendo–. Pretendo utilizarlo para pedirle a mi novia que se case conmigo mañana.

La expresión de cautela de Ann se suavizó.

–Ah, bueno, enhorabuena, ¿señor…?

–Carter McCay.

Ella le dio la mano.

–¿Podemos hablar en privado en alguna parte? Se trata de Roark Black –añadió él.

Ann arqueó las perfectas cejas como si aquello fuese lo último que hubiese esperado oír. Carter vio curiosidad mezclada con preocupación en su expresión.

–Sígame.

Lo condujo hacia un pequeño despacho y cerró la puerta. La habitación no tenía ventanas y estaba a oscuras. Ann encendió una luz, se apoyó en un enorme escritorio de cristal y se cruzó de brazos.

–¿Qué pasa con Roark? ¿Está bien?

–Eso espero. Somos amigos desde hace tiempo, nos conocimos en Afganistán. Hace un par de días me envió un mensaje al teléfono móvil en el que aparecía su nombre.

–¿Mi nombre? –preguntó Ann sorprendida–. ¿Dónde está ese mensaje?

Carter sacó su teléfono y buscó el mensaje. Ella lo leyó varias veces.

–Dice que no confía en nadie, salvo en mí. Y que está escondido en alguna parte –comentó Ann, mirándolo a los ojos–. ¿En qué se ha metido?

–No tengo ni idea. También habla de una estatua. ¿Sabe a qué se refiere? –le preguntó Carter.

Ella asintió despacio y volvió a leer el mensaje.

–La estatua del Corazón Dorado. Solo hay tres. Tal vez haya tropezado con lo que no debía –dijo Ann–. Podría estar realmente en peligro.

Carter la miró a los ojos.

–Podría ser.

Ann suspiró y le devolvió el teléfono.

–Es un buen hombre.

Carter asintió.

—Mire, conozco a Roark. Ha estado en otras situaciones difíciles y siempre ha salido airoso.

—¿Quiere decirme que no me preocupe? —le preguntó ella en un mero susurro.

A Carter le preocupaba que su amigo tuviese problemas, pero no podía hacer nada por el momento.

—No tiene sentido preocuparse. Yo confío en él. Roark sabe lo que hace. En cualquier caso, quería que este mensaje le llegase sin pasar por los cauces habituales. No sabe en quién puede confiar y en quién no.

—Lo comprendo. Gracias por haberse tomado la molestia de venir. ¿Me promete que me informará si vuelve a tener noticias suyas?

—Por supuesto —le respondió Carter.

—Gracias —dijo Ann, acompañándolo a la puerta—. Y enhorabuena por su compromiso. Creo que a cualquier mujer le encantaría tener ese anillo.

Carter sonrió.

—Eso pienso yo también.

Ella le dedicó una seductora sonrisa.

—Creo que su novia es muy afortunada.

Carter le dio las gracias y se marchó de Waverly's con un anillo de diamantes en el bolsillo y el corazón contento. Había cumplido sus dos objetivos.

Al día siguiente, su vida cambiaría para siempre.

En pijama, Macy se miró en el espejo del hotel con el teléfono pegado a la oreja y las piernas estiradas en la enorme cama. Nunca le gustaba reservar habitaciones con la cama tan grande.Ella era delgada y quedaba demasiado colchón vacío, pero si había dos camas pequeñas se sentía sola, tenía la sensación de que faltaba alguien en la otra cama. Macy le había ofrecido a Avery compartir con ella la habitación, pero esta había preferido un hotel más pequeño y apartado. Y ella había respetado su intimidad.

–¿Todavía estás pensando en el vaquero de la subasta? –le preguntó Avery.

Ella sonrió. ¿El vaquero? Con él no se desperdiciaría la mitad de la cama.

–Sí, pero es normal, ¿no te parece? Mi vida amorosa no es tan interesante como dicen. Hace ocho meses que no salgo con nadie. Podría presentarme a alguno de esos programas de televisión para buscar pareja.

–Oh, Macy. Es solo que has estado centrada en la enfermedad y en la muerte de tu madre. Cuando llegue el momento adecuado para salir con alguien, lo sabrás.

Avery también había perdido recientemente a su padre, al que casi no había conocido, por lo que no podía haber sufrido tanto como ella. No obstante, se había portado muy bien con ella tras la muerte de Tina y ambas habían llorado su pérdida juntas.

–Te ha gustado el vaquero. Algo es algo –la animó Avery.

Macy suspiró y volvió a mirarse en el espejo. Sacudió la cabeza al fijarse en el camisón de flores blancas y amarillas. Se dijo que tenía que comprarse lencería sexy.

–Eso es cierto.

Había algo en el vaquero que la atraía. Se había prendado de él nada más verlo. Prendado. Qué palabra tan perfecta para describir sus sentimientos por un hombre misterioso que esa tarde la había ayudado a superar un momento difícil. Aunque ni siquiera supiese que la había ayudado. No obstante, Macy sentía por él algo más que atracción física.

–Pobrecillo –comentó–. Ha comprado uno de los diamantes malditos. Le he oído decir que iba a prometerse mañana. Qué decepción.

Avery se echó a reír. Pensó que Macy hablaba en broma, ¿por qué no? Cualquier persona normal no sentiría nada por un hombre al que acababa de ver, pero Macy no pudo decirle la verdad, que cuando había oído al vaquero anunciar que iba a comprometerse, se le había encogido el estómago. Se había sentido decepcionada y le había dolido pensar que ya estaba ocupado. En esos momentos, varias horas después, todavía no se le había pasado.

–Aún no le ha pedido a su novia que se case con él y ya es un matrimonio destinado al fracaso.

–De eso no puedes estar segura –le advirtió su amiga–. ¿No te gustaría pensar que fue solo una coincidencia que los tres matrimonios de tu madre terminasen mal?

–No sé. A lo mejor tienes razón. Tal vez no sean los anillos. Quizás sea yo la que ya no cree en el amor, quiero decir, después de ver cómo se le rompía el corazón a mi madre y a sus amigas. Ya sabes lo mucho que mi madre quería a mi padre.

Clyde Tarlington también había sido un gran actor y un buen padre para Macy, aunque sus verdaderos amores habían sido el alcohol y el juego. Había sido adicto a ambas cosas. La noche del accidente había perdido la apuesta más importante de su vida por conducir ebrio.

–Sí –respondió Avery.

–Pero lo superó y volvió a casarse con su segundo y su tercer marido. Y ya sabes cómo salieron ambos matrimonios –le dijo Macy–. Ese vaquero ha comprado el tercer anillo.

–Macy, ¿seguro que estás bien? ¿Quieres que vaya?

–No, no seas tonta. Es muy tarde. Estoy bien.

Macy tenía problemas económicos y Avery lo sabía, así que no hacía falta que se lo contase. La habían demandado por negarse a traicionar sus principios y estaba pagando las consecuencias, literalmente, con los bienes de su madre. Al día siguiente tenía una reunión con su abogado y no le apetecía lo más mínimo.

—Te agradezco que me hayas acompañado hoy —añadió, fingiendo un sonoro bostezo—. Estoy agotada. Voy a meterme en la enorme cama y a dormir.

—De acuerdo… si estás segura.

—Sí. Mañana cenamos juntas antes de que te marches. Buenas noches.

—Buenas noches, que duermas bien, Macy.

—Eso pretendo —volvió a mentir.

Sabía que no podría dormir. Las preocupaciones la mantendrían despierta toda la noche.


Carter estaba sentado frente a Jocelyn en un rincón del Russian Tea Room, un exclusivo restaurante de Nueva York. Apretó los labios y la miró sin parpadear. El entorno, el diamante, todo era perfecto, salvo la respuesta de esta.

—¿No?

—Eso he dicho —susurró ella—. No voy a casarme contigo.

Él sacudió la cabeza con incredulidad.

Jocelyn se echó el pelo rubio a un lado, cosa que hacía siempre que estaba molesta, e hizo una mueca con sus carnosos labios pintados de rojo. Suspiró de manera dramática.

—Pensé que sabías que lo nuestro no iba en serio.

–¿Y cómo iba a saberlo? –le preguntó él sin levantar el tono de voz.

–Nunca hemos hablado del futuro –respondió Jocelyn, mirando la caja de terciopelo abierta que Carter había dejado cerca del borde de la mesa–. No en términos concretos.

Carter elevó la voz.

–¿Te refieres a que cuando estábamos en la cama por la noche y tú me decías lo mucho que deseabas formar una familia algún día y tener tres hijos, o cuando me decías que querías tener una casa en los Hamptons, solo estabas divagando?

A Carter le costaba creer que lo hubiera rechazado. ¿Cómo no se había dado cuenta antes? ¿Cómo había podido pensar que ambos querían las mismas cosas en la vida?

Ella no respondió a la pregunta.

–No hace tanto tiempo que nos conocemos, Carter –dijo en su lugar.

–¿Un año no te parece tiempo suficiente?

–No, teniendo en cuenta que tú vives en el rancho y yo en Dallas. No nos hemos visto mucho.

Carter se sintió dolido, rechazado, y eso hizo que viese a Jocelyn de otra manera. De una manera nada halagadora.

–El anillo es precioso, de verdad, pero no puedo aceptarlo –añadió ella, encogiéndose de hombros–. No te quiero.

Él tomó la caja de terciopelo y la cerró de

un golpe antes de guardarla. No quería volver a verlo.

—No podrías ser más clara.

—Bueno… lo siento.

En realidad, no parecía afectada.

—Con una disculpa lo arreglas todo. Supongo que ahora querrás que seamos amigos —comentó Carter.

Su ego se había llevado un buen golpe, pero su corazón, también. Había soñado con un futuro con Jocelyn. ¿Cómo podía haberse equivocado tanto? Se sentía como un idiota.

Ella levantó la barbilla y le habló como si estuviese dirigiéndose a un perro.

—No te enfades, Carter.

—No me digas lo que tengo que hacer, Jocelyn. Hasta tú tienes que entender que esto haya sido un duro golpe para mí.

—Te has equivocado. Has hecho muchas conjeturas acerca de nuestra relación.

—He hecho… —empezó él, conteniendo la ira—. Fuiste tú la que quisiste que empezásemos esta relación. Desde el primer día, fuiste tú la que anduvo detrás de mí. Así que perdona que esté molesto. Perdona que no lo entienda.

—Es verdad que no lo entiendes. Yo creía haber sido clara contigo —insistió Jocelyn, levantándose de la mesa—. Estoy enamorada de Brady y solo quería ponerlo celoso. Lo he hecho todo por su bien.

Carter frunció el ceño.

–¿Mi primo? –preguntó con incredulidad.

Carter había conocido a Jocelyn un día que esta había ido a visitar a su abuela, que era vecina de Brady. Había ido a casa de su primo y luego los tres habían estado juntos en la feria.

Carter se levantó bruscamente y la fulminó con la mirada.

–¿Has estado todo este tiempo intentando poner celoso a Brady? ¿Eso ha sido todo para ti?

Ella se puso tensa.

–Cállate.

Intentó marcharse, pero Carter la agarró del brazo.

–Me has tomado por tonto.

Jocelyn se mantuvo recta, con la cabeza alta, como un miembro de la realeza.

–Eres tonto. Un paleto idiota que se ha dejado engañar.

Carter apretó los dientes y dijo en voz muy baja:

–Me aseguraré de que Brady se entere de esto. Dado que es mi primo, supongo que también piensas que es un paleto idiota. Brady tenía razón al no tenerte en alta estima. Ahora lo entiendo y estoy de acuerdo con él.

Jocelyn se encogió al oír aquello y Carter se sintió al menos ligeramente consolado. No le gustaba hablarle así a una mujer, pero no había podido evitarlo.

La soltó y le dijo:

—Márchate.

Y ella lo hizo. Carter no se molestó en verla salir. Fue hacia la barra, furioso, sintiéndose fatal. Necesitaba ahogar sus penas en un whisky doble. Jocelyn no era la mujer que él había pensado que era. Lo había utilizado todo el tiempo, lo había engañado.

Ninguna mujer volvería a hacerlo.

Media hora después salió del restaurante y una ola de aire caliente y húmedo lo golpeó. Aquello era lo único que le recordaba a Texas.

De repente vio una multitud que rodeaba a una mujer que estaba intentando entrar al restaurante. Vio varios flashes y oyó preguntas formuladas a gritos. Más de una docena de paparazzi la rodeó mientras ella intentaba abrirse camino. Entonces miró a Carter a los ojos y este vio un animal enjaulado luchando por liberarse.

La reconoció. Era la mujer a la que había visto en la subasta el día anterior.

Alguien tiró del pañuelo que cubría su pelo negro y una cascada de rizos le cayó por los hombros. Carter se abrió paso a empujones y, llegando hasta ella, la agarró de las manos con firmeza. Había desesperación en sus ojos color lavanda. No tuvo tiempo de estudiar su bonito rostro. Le bloqueó el paso a un fotógrafo con su cuerpo y le dijo a la mujer en voz baja:

—Puedo sacarla de aquí, pero tiene que confiar en mí.

# *Capítulo Dos*

Presa del pánico, Macy miró al hombre que había visto en la subasta y pensó que estaba alucinando. No podía ser. Había soñado con él la noche anterior y esa mañana, a pesar de que ya tenía que haberlo olvidado, había vuelto a pensar en él.

—Te has buscado un vaquero —gritó un fotógrafo.

—¿Vas a hacer alguna escena desnuda con él, Macy? —le preguntó otro.

Los muy buitres se echaron a reír.

A Macy le enfadaba que la llamasen por su nombre, como si fuesen amigos, cuando la pregunta era tan irrespetuosa que con ella se ganaban el estatus de enemigos. Tina había sabido manejar a los paparazzi. Ella, no. Y estaba pagando el precio.

Con el corazón acelerado y confundida, miró sus manos y vio que estaban cubiertas por otras fuertes y protectoras. Levantó la vista y miró al vaquero a los ojos, y este asintió con la cabeza. Sus palabras habían sido como música para sus oídos.

«Confía en mí».

Lo hacía.

Alguien la empujó y la mirada del vaquero se volvió salvaje.

—Retrocede —le advirtió al fotógrafo.

Luego, volvió a mirarla a ella.

—¿Vienes? —le preguntó con mayor insistencia en esa ocasión.

Macy no se lo pensó dos veces. No tenía elección. Los fotógrafos habían empezado a preguntarle por aquel hombre.

Lo cierto era que no sabía quién era, pero estaba a punto de averiguarlo.

Asintió y le sonrió.

—Vamos.

El vaquero la agarró con firmeza de la mano mientras ambos echaban a correr. Macy se arrepintió de haberse puesto tacones.

—No mires atrás —le ordenó él, guiándola hacia un callejón.

De repente, ya no les seguía una multitud, sino solo un par de personas. Llegaron al final del callejón y, sin soltarle la mano, el vaquero miró a ambos lados y señaló hacia la derecha.

—Por aquí.

Ella lo siguió hasta un lujoso coche negro.

—Sube.

Macy miró atrás y vio a cuatro fotógrafos tomando instantáneas desde el callejón.

Su rescatador le abrió la puerta trasera, sorprendiendo al chófer, que se estaba comiendo un burrito frente al volante.

—Pisa el acelerador, Larry. Date prisa.

—Sí, señor —respondió el chófer tirando la comida y arrancando.

—Vaya —dijo Macy, apoyándose en el respaldo del asiento y cerrando los ojos.

Había pasado de ir tranquilamente a cenar con Avery a salir corriendo con una manada de fotógrafos locos detrás.

Intentó controlar la respiración, pero le costó con el vaquero al lado.

Se giró a mirarlo y aspiró su colonia, que olía muy bien.

—No suelo subirme al coche de ningún extraño —comentó, para romper el hielo.

Él se echó a reír y los hoyuelos de sus mejillas le suavizaron el rostro.

—¿Pero ha hecho una excepción conmigo?

—Sabía que podía confiar en usted. Lo vi ayer en la… subasta. Yo también estaba.

—Lo sé.

—¿Me conoce?

—La verdad es que no, pero me fijé en usted. Supongo que las gafas de sol y el pañuelo la delataron. Es difícil no fijarse en una mujer bella que vaya tan tapada —le explicó—. ¿Le ocurre muy a menudo lo que acaba de ocurrir?

Aquel hombre pensaba que era una mujer bella, incluso disfrazada.

—Últimamente, sí, por desgracia.

Macy no tenía ni idea de adónde iban, lo único que veía por la ventanilla que había detrás de él eran las luces de neón y las farolas de la calle.

El vaquero se quitó el sombrero y lo dejó entre ambos. Siguió observándola. En otras circunstancias, Macy se habría sentido molesta, pero en esa ocasión estaba emocionada. Todavía no podía creer que estuviese en su coche.

Entonces intentó pensar de manera sensata. Aquel hombre estaba prometido. O pronto lo estaría. Allí se terminaba su fantasía.

–Soy Macy Tarlington.

–¿Tarlington? –repitió él.

Macy supo que no la conocía, pero había reconocido su apellido. Al parecer, aquel vaquero nunca la había visto en el cine. No era una estrella, pero casi todo el mundo la reconocía.

–Mi madre era Tina Tarlington.

–¡No me digas! –dijo él, sonriendo y alargando la mano–. Carter MacCay, de Texas.

–Yo soy de Hollywood, California.

Él sonrió y se quedaron mirándose el uno al otro mientras se daban la mano.

Macy pensó que, con aquella mirada, se habría caído si hubiese estado de pie.

–Muchas gracias. No sé cómo me habría librado de ellos si no hubiese sido por ti.

Él le soltó la mano por fin y Macy se sintió perdida un instante.

–Lo mismo he pensado yo.

–Me has salvado –añadió ella, todavía maravillada.

–Necesitabas que te salvasen.

Macy suspiró. Su prometida era una mujer muy afortunada.

–¿Tienes la costumbre de salvar a mujeres, o soy la única?

–Ya no me dedico a salvar a nadie.

–¿Quieres decir que te dedicabas a ello?

–Sí, pero de eso hace mucho tiempo. Era marine.

–Ah, eso lo explica todo.

–Soy texano. No nos gusta ver que tratan mal a las mujeres. Marine o no, cualquier hombre con sangre en las venas habría hecho lo mismo.

A Macy le gustaron sus palabras.

–En cualquier caso, muchas gracias.

–No me imagino tener que vivir así.

–La cosa ha empeorado desde la muerte de mi madre –comentó ella, encogiéndose de hombros–. Soy el centro de ciertas controversias.

Él siguió mirándola, esperando, pero Macy no respondió a la pregunta que había en sus ojos.

–¿Y por qué la subasta? –le preguntó él–. ¿Estaba tu madre…?

–Arruinada. No se le daba bien administrar el dinero y le encantaban las cosas bonitas.

–¿Te apetece tomar una copa? Solo tengo champán.

La botella de Dom descansaba en una cubitera de plata. Carter la sacó y sirvió dos copas. Macy aceptó una y miró por la ventanilla.

–Por cierto –susurró entonces, dándole un trago a su copa– ¿adónde me llevas?

El viento le apartó el pelo de los hombros y le refrescó la mente. Estaba en la cubierta de un yate privado, observando el magnífico horizonte de la ciudad de Manhattan. Y pensar que si Avery no hubiese cancelado la cena en el último momento, y si ella no hubiese bajado del taxi para ir andando hasta su restaurante japonés favorito, en ese instante estaría comiendo *sushi* sola.

La frase «demasiado bueno para ser verdad» estaba sobrevalorada, salvo cuando se trataba de Carter McCay. Había sido un perfecto caballero al ofrecerse a llevarla de vuelta a su hotel.

–¿Qué otra alternativa tengo? –le había preguntado ella.

Y en esos momentos estaba navegando por el río Hudson acompañada por su guapo vaquero. En la limusina, había querido hacerle un millón de preguntas, pero se había contenido. Quería seguir fingiendo un poco más que todo iba bien.

Iba a dejarse llevar, como solía decir su madre.

Carter apoyó los codos en la barandilla, a su

lado, y ella le sonrió. Sentía un cosquilleo en el estómago, pero, al mismo tiempo, se sentía segura a su lado. Confiaba en él. Y eso no era sencillo para una chica que había crecido en Hollywood.

–Qué agradable, Carter. Hay tanta tranquilidad en el río.

Él respiró hondo y asintió.

–Esa era la idea.

–Pero la idea no me incluía a mí.

–Es cierto. ¿Te fijaste en lo que compré ayer en la subasta?

–Me fijé. Uno de los anillos de diamantes.

–Sí, fui un idiota al pensar que lo conseguiría con ese anillo. Esta noche le he pedido a mi chica que se case conmigo.

–¿Esta noche?

Él clavó la vista en el agua.

–Sí. Justo antes de encontrarme contigo. Me ha rechazado y se ha reído de mí. Al parecer, solo me estaba utilizando para darle celos a… otra persona.

Macy se preguntó si aquella mujer estaría loca.

–Vaya, qué mal.

–Muy mal –admitió él.

–Es horrible. Perverso.

–Espera –le dijo él, levantando una mano y echándose a reír–. No estás consiguiendo que me sienta mejor.

Macy sonrió.

34

—Pero te he hecho reír.

Él volvió a hacerlo.

—Sí, es verdad.

La miró a los ojos.

—Gracias.

Carter no era una persona a la que se pudiera despreciar así. Macy se había dado cuenta a pesar de conocerlo muy poco.

Pensó en la maldición de los anillos y deseó haber impedido que lo comprase en la subasta. Deseó que no le hubiesen hecho daño al rechazarlo. Si ella no hubiese necesitado el dinero para pagar las deudas de su madre, se habría quedado con los anillos para que nadie tuviese que sufrir con ellos.

—De verdad que lo siento, Carter.

Él asintió y la miró a los ojos.

—¿Quieres saber algo? Conocerte esta noche ha sido la dosis de realidad que necesitaba. Me has hecho olvidar lo mal que me sentía al salir del restaurante. Me has ayudado tanto como yo a ti.

—Lo dudo, pero gracias.

—Es la verdad, cielo –dijo él, bajando la vista al agua–. No sabes cuánto necesito volver a casa, a mi rancho. Es evidente que no me gusta la ciudad.

—¿Esta en particular?

—Nueva York en especial, pero no me gustan los lugares en los que los rascacielos tapan la puesta de sol. Donde no puedes andar por la calle sin que te empujen. Me gustan los lugares abiertos. Y de eso tenemos mucho en Texas. El río Salvaje es un lugar tranquilo. Allí se puede pensar.

Macy cerró los ojos.

–Umm. Suena muy bien.

–Sí. ¿Y tú? ¿Eres una chica de ciudad?

–He tenido que serlo. Mis padres eran los dos actores, así que crecí rodeada de glamour, y también de celos, vanidad y excesos. Así que, no, no me gustan las ciudades grandes. Cuando vuelva a Los Ángeles, seguiré sintiéndome observada. Nunca tengo momentos de verdadera intimidad. No quiero ni pensarlo.

–¿No tienes ningún lugar al que puedas ir a esconderte?

Macy negó con la cabeza. Iba a utilizar el dinero de la subasta para pagar las deudas de su madre y a los abogados. No tenía dinero ni medios para marcharse a ningún lugar exótico donde no la reconocieran.

–La verdad es que no.

Carter estuvo en silencio unos minutos y, durante ese tiempo, Macy se sintió segura y protegida. La sensación no duraría mucho. Pronto tendría que volver a hacer frente a la realidad.

Suspiró y dejó que el viento le golpease la cara.

Cuando abrió los ojos, Carter la estaba mirando fijamente. Su expresión era decidida.

–¿Por qué no vienes al rancho conmigo?

–¿Qué?

–Puedes esconderte allí el tiempo que quieras. Tengo una casa muy grande, rodeada de terreno. Nadie sabrá dónde estás.

–Yo…

–Podemos salir esta misma noche y estaremos en Texas a la hora del desayuno y en el rancho a la de la comida.

Sonaba muy bien, pero Macy no se podía escapar con un extraño. ¿O sí? No sabía casi nada de él, solo que tenía dinero, era guapo, honesto y amable.

Acababa de responderse ella sola a la pregunta. ¿Podía hacerlo? ¿Podía huir de sus problemas? ¿Con Carter? De todos modos, no tenía nada que la esperase en Los Ángeles. Tenía que ponerse a pensar en su futuro, pero todavía no lo había hecho. En los últimos días, solo había podido pensar en la subasta. En esos momentos, le estaban ofreciendo que se tomase un respiro.

–En realidad no te conozco…

–Mira, hasta hace un par de horas, estaba enamorado de una mujer y dispuesto a casarme. Te hago el ofrecimiento sin ningún compromiso. No intentaré meterme en tu habitación por las noches.

¿Por qué no? ¿No la encontraba atractiva? Macy no pudo evitar reír con nerviosismo.

–Ah, pensaba que sí.

Él se puso serio.

–Solo te estoy ofreciendo un lugar al que ir. Depende de ti. En cuanto me baje de este yate, organizaré mi vuelta a casa. Estás invitada si quieres venir.

Macy tenía que tomar una importante decisión. ¿Volver a Hollywood y enfrentarse a la prensa y la falta de intimidad, a los problemas, o marcharse con el sexy vaquero de sus sueños?

Tenía que haberlo tenido claro.

Pero, en eso, Macy no se parecía nada a su madre. No solía hacer las cosas de manera impulsiva.

Salvo en esa ocasión.

Necesitaba tranquilidad. Tiempo para pensar. Necesitaba decidir qué iba a hacer con su vida. Se giró hacia Carter y le sonrió con valentía.

–Acepto –le dijo–. No te enterarás de que estoy allí.


Macy se sentó junto a Carter en un avión casi vacío. Iba a Texas, un lugar en el que había estado un par de veces desde niña. Lo que recordaba de Dallas, Houston y Austin era que la gente era educada y los hombres altos, amables y con sombrero. Había acompañado a su madre a una gira promocional de una película del oeste que al final había fracasado.

Pero los lugares en los que ella había estado no tenían nada que ver con el que Carter Mc-

Cay le había descrito. Estaba deseando ver el rancho Río Salvaje.

Él estaba sentado al otro lado del pasillo, con las largas piernas estiradas. Tenía los ojos cerrados, así que Macy pudo admirarlo. Tenía las pestañas muy largas y el pelo rubio oscuro, parecido al de Brad Pitt. Lo llevaba demasiado largo para un militar, pero perfecto para un ranchero. Y tenía los hombros anchísimos.

En esos momentos vestía una camisa marrón claro y unos vaqueros azules algo desgastados, botas de piel y un cinturón con la hebilla de plata. El sombrero, que cubría parte de su rostro, era una constante. Para Carter no era un accesorio de moda, iba con su cabeza.

Abrió los ojos de repente y la miró. Ella levantó la vista.

–¿Qué es eso que he oído de un desnudo?

A Macy se le aceleró el corazón.

–Nada…

Carter, que al parecer había terminado de dormir la siesta, se giró hacia ella.

–No me digas. ¿Me vas a obligar a que lo mire en Internet?

–¿Lo harías? –Macy se quedó boquiabierta.

La mirada de Carter se iluminó.

–Eso es que hay algo.

–No quiero hablar de ello.

–No me gustan mucho los ordenadores –le confesó él–, pero los utilizo siempre que es necesario.

–En este caso no es necesario. Confía en mí.

Él hizo una mueca y Macy pensó en que había acudido a su rescate. Y le había ofrecido un lugar en el que quedarse. Tal vez le debiese una explicación.

–Está bien. Estaba rodando una película. No tenía un papel importante, ni nada de eso, era una película independiente acerca de cinco mujeres que se quedan solas en una isla. Había una escena...

Carter se inclinó hacia delante sin apartar la mirada de ella, mirándola de una manera diferente. Como si acabase de fijarse en ella como mujer. Macy se estremeció.

–Continúa –le pidió él, arqueando las cejas.

–Bueno, pues había una escena en la que tenía que bañarme desnuda en un lago tropical y...

–¿Y?

–Bueno, ya te lo imaginas, ¿no?

Carter la recorrió con la mirada.

–Estoy empezando a hacerlo.

–Pues no podía hacerlo. No podía soportar la idea de que millones de personas me viesen tal y como llegué al mundo. Me ofrecieron poner a una doble para el cuerpo, pero todo el mundo habría seguido pensando que era yo. Así que...

Deseó no tener que contarle una experiencia tan humillante.

–Me negué a hacerlo. Al final, quitaron la

escena, pero no hace falta que te diga que muchas personas se han quedado con las ganas de verla.

Carter apoyó la espalda en su asiento y asintió con la cabeza.

–Te atuviste a tus principios.

–Me tenía que haber negado desde el principio.

–Sí, bueno. A veces hacemos cosas que en un determinado momento nos parecen correctas y después nos damos cuenta de que no lo eran.

Macy supo que Carter se estaba refiriendo a su propia situación.

–Siento lo que te ocurrió ayer con tu… –le dijo en voz baja, sonriéndole.

–¿Con Jocelyn? –dijo él, mirando por la ventana–. Sí, no lo vi venir. No estoy seguro de qué pasó, pero te garantizo que no volverá a ocurrir. No volveré a bajar la guardia.

Ella se mordió el labio inferior.

–Puedes echarme de tu rancho cuando quieras, ¿sabes? Si te arrepientes de haberme invitado y prefieres estar solo, lo comprenderé.

Él volvió a mirarla.

–No te preocupes, Macy. Como ya te he dicho, hay espacio suficiente para los dos. No me suelo arrepentir de lo que hago, así que no te preocupes por mí. ¿De acuerdo?

Macy sonrió más tranquila.

–De acuerdo.

# *Capítulo Tres*

Carter se sintió mejor nada más poner las botas en suelo texano. Solo había estado fuera un par de días, pero agradeció poder estar de vuelta en casa.

Jocelyn le había hecho daño y no podía deshacerse de aquella sensación. Era la primera vez que le pedía a una mujer que se casase con él.

A Macy también le habían hecho daño. Sus circunstancias eran diferentes, pero nada más verla se había dado cuenta de que estaba sufriendo. Había tenido con ella una afinidad que todavía no podía definir. Ese era el motivo por el que la había invitado a ir a su rancho.

Vio su casa de quince habitaciones y respiró el aire con olor a tierra y a ganado. Tomó la mano de Macy y salió del coche.

—¿Estás preparada para llegar al paraíso?

Sus ojos violetas recorrieron las vistas y un suspiro se le escapó de los labios.

—Oh, es precioso, Carter.

Carter había contratado a un arquitecto que le hiciese la casa con una mezcla perfecta de comodidad y modernidad. El resultado había sido una casa de madera y piedra con miradores y tragaluces. Detrás de ella había otro edificio en el que estaban los corrales y los graneros.

–Aquí los rascacielos no tapan la puesta de sol –comentó él mirando hacia el cielo–. Todas las habitaciones de la parte trasera tienen una ventana orientada al este. Y lo mismo ocurre con las habitaciones del otro lado de la casa, que dan al oeste.

–Y apuesto a que todos los días ves el amanecer.

–Sí, me levanto temprano.

–Típico de un vaquero –dijo ella, haciendo una mueca.

Carter se echó a reír. Qué bien se estaba en casa.

–Soy un hombre de negocios, pero, ante todo, soy un ranchero. Tienes que amar la tierra y todo lo que va con ella.

–Ya me siento mejor. Creo que me va a gustar estar aquí –comentó ella en voz baja.

Carter estaba seguro. Aquella tierra lo tenía todo.

Una bola de pelo con cuatro patas salió corriendo del establo y fue directo hacia Macy. A esta se le iluminó el rostro.

–Oh, qué monada.

–Es Rocky. El jefe del lugar.

–Hola, Rocky –le dijo ella.

–¿Te gustan los perros? –le preguntó Carter.

–¿Y a quién no? Tuve uno hace mucho tiempo, pero papá lo atropelló sin querer. Pobrecito. Fue horrible.

–Eso es muy duro. Rocky también estuvo cerca de la muerte hace poco.

–¿Qué ocurrió? –le preguntó Macy.

–Hubo un incendio.

–¡Oh, no!

–Sí, y Rocky estuvo a punto de no salir con vida.

–¿También lo rescataste tú? –preguntó ella con la mirada clavada en el animal.

–Sí, en más de un aspecto.

No obstante, no era el momento de contárselo a Macy. Carter estaba de buen humor y no quería estropearlo hablando de Riley McCay, su padre alcohólico. Se giró hacia Henry, el capataz, que llevaba mirándolo de manera extraña desde que los había recogido en el aeropuerto. Henry no sabía qué hacía Macy allí. Había esperado ver a Jocelyn en su lugar.

El capataz sacó la bolsa de viaje de Carter y las maletas rosas de Macy del maletero y las dejó en el suelo mientras sacudía la cabeza. Carter hizo un esfuerzo para no echarse a reír.

–Gracias, Henry. Yo mismo llevaré las maletas de Macy a la casa. Gracias por haber ido a recogernos.

Henry asintió y miró a Macy.

Esta lo había mirado a él al mismo tiempo.

–Sí, gracias, Henry.

Este se tocó el ala del sombrero y se marchó en el coche.

–Creo que ya has hecho un amigo –comentó Carter, tomando sus maletas.

–¿Henry? –preguntó ella.

–No, me refería al perro.

Macy sonrió.

–Creo que Rocky y yo vamos a ser buenos amigos.

Luego siguió a Carter hacia la casa, con Rocky pegado a los talones.

Él pensó que Jocelyn habría dicho que el perro le daba alergia. No se habrían hecho amigos, aunque no pretendía compararlas a las dos.

Entraron en la casa y Carter le ofreció que escogiese una de las tres habitaciones de invitados. Ella asomó la cabeza por la puerta de las tres y luego preguntó:

–¿Dónde está tu habitación?

–Es la última del pasillo a mano derecha –respondió Carter, sorprendido por la pregunta–. ¿Por qué?

–Te agradezco que me hayas invitado a venir, pero no quiero invadir tu intimidad. Me quedaré con la habitación que esté más lejos de la tuya.

Aquello tenía sentido.

–Está bien.

Carter dejó sus maletas en una habitación con cama de matrimonio, muebles de roble blancos y una colcha con flores amarillas y azules. Macy se acercó a la ventana.

—Creo que me han tocado los atardeceres.

Carter se acercó a ella y su olor le recordó a los melocotones recién cogidos del verano. Respiró hondo, sorprendido de no haberse dado cuenta antes. No había esperado que una actriz de Hollywood, con una madre tan famosa, utilizase un champú o un jabón con olor a frutas.

—No te decepcionarán. Son increíbles.

Macy suspiró.

A Carter le rugió el estómago y no se disculpó.

—¿Vamos a comer?

Ella miró la cama, luego a él.

—No... tengo hambre. Ve tú. Yo voy a descansar un poco.

—De acuerdo, ya sabes dónde está la cocina. Estoy seguro de que Henry habrá preparado algo delicioso. Puedes ir a comerlo cuando te apetezca.

—¿Henry? ¿Es el cocinero?

Carter le sonrió. La reacción de Macy era normal. Henry solía sorprender a todo el mundo.

—Su esposa, Mara, se ha puesto enferma. Y resulta que él es muy buen cocinero. En el rancho todos compartimos las tareas, pero a Henry no le gusta limpiar. Mara se ocupa de eso. Mañana estará de vuelta para ayudar a recoger la casa. Ah, y puedes utilizar la piscina, la sauna y el jacuzzi cuando quieras.

–Gracias, Carter.

Él asintió.

–La cena es a las siete. Hasta luego.

Carter desapareció por el pasillo en dirección a su habitación. Dejó allí su maleta y luego fue a hablar con Henry.

Lo encontró en el despacho que había junto al granero.

–Necesito hablar contigo, Henry.

–Por supuesto, jefe. Yo también tengo noticias, pero no quería contártelas delante de la señora.

–Está bien, tú primero.

Henry empezó.

–Han entrado en la posada que hay junto al río mientras estabas de viaje. Rompieron una ventana y, al parecer, no hay ningún otro daño. Ya se ha cambiado el cristal. He pensado que querrías saberlo. No es la primera vez que ocurre. Bucky vio a alguien merodeando por allí, pero se había marchado cuando él llegó.

Carter se frotó el cuello, pensativo. No le gustaba que nadie entrase sin permiso en su propiedad. Llevaba un tiempo pensando qué hacer con la posada, si reformarla o echarla abajo.

–El otro día conocí a un tipo en el pueblo. Parecía listo y estaba buscando trabajo. Pensé que podría ser un buen vigilante. Ya sabes, alguien que pueda patrullar la propiedad y asegurarse de que todo está bien.

Carter lo pensó un momento. Con Macy Tarlington en el rancho, un poco de seguridad no estaría de más.

—No me parece mala idea, Henry. Hazle una entrevista y me cuentas.

—De acuerdo. ¿Algo más?

—La mujer que ha venido hoy conmigo… ¿La has reconocido?

—¿Debería? —preguntó Henry sorprendido.

Carter negó con la cabeza, aliviado.

—Tal vez no. Es mejor que no, la verdad, pero es posible que Mara la conozca.

Durante los diez siguientes minutos, Carter le contó a su capataz lo ocurrido con Macy y lo importante que era mantener su identidad en secreto.


Macy estudió la habitación en la que iba a estar alojada y sacudió la cabeza.

—Estás completamente loca —murmuró—. Mira que venir a vivir con el alto, bronceado y guapo texano.

Se dejó caer en la cama, agarró una almohada y se la abrazó al pecho. Había ido allí arrastrada por su propia curiosidad y una nueva ansia aventurera, pero lo cierto era que no había sido del todo sincera con Carter en lo referente al anillo que había comprado en la subasta, y el resultado era que este se había convertido en la última víctima del diamante. Era normal que, a partir de entonces, quisiera tomarse las relaciones con cautela. Macy pensaba lo mismo. Había visto enamorarse tres veces a su madre, y los tres matrimonios habían terminado en desastre.

Ya no creía en el amor ni en los finales felices. No conocía a muchas parejas cuyo matrimonio hubiese durado más de una década. Y, viviendo en Hollywood, también sabía la verdad acerca de muchos de los que sí que duraban. Al parecer, nadie era feliz por mucho tiempo. Pocos de esos matrimonios habían respetado el compromiso adquirido.

Era triste, pero cierto.

Cansada, se relajó en la cama y cerró los ojos. Ya desharía las maletas más tarde.

No era el momento de ser pragmática. Se estaba tomando un descanso. En esos momentos no había abogados, ni prensa. No tenía que preocuparse por decir algo que no fuese apropiado.

Nadie la perseguía.

Notó un repentino movimiento en su cama y un olor extraño. Abrió los ojos. Se había equivocado. Alguien la había seguido, pero no le importaba. A eso sí que podía acostumbrarse.

—Hola, Rocky.

El perro se hizo un ovillo a su lado. Macy lo miró a los ojos color caramelo y sonrió. Carter había estado en lo cierto. Aquel rancho lo tenía todo.

Una hora más tarde, después de haber dormido la siesta, Macy se duchó y se puso ropa limpia, unos vaqueros blancos y una camiseta azul oscuro. Todavía llevaba el pelo húmedo cuando se lo recogió en una cola de caballo. El calor de Texas se lo secaría en cinco minutos.

Decidió no salir de la habitación en chanclas y optó por sus zapatillas Nike. Carter le había dado media hora para hacer la maleta antes de pasar a recogerla al hotel. Lo cierto era que solo tenía ropa para pasar unos días en Nueva York, y nada era demasiado adecuado para la vida en un rancho.

–Supongo que tendré que comprarme algo nuevo –le murmuró a Rocky.

El perro meneó la cola al oír su voz. No se había marchado desde que se había subido a la cama. Habían dormido la siesta juntos y la había esperado sentado delante de la puerta de la ducha a que terminase.

Macy le sonrió.

–¿Querrás enseñarme el rancho después de comer?

El animal volvió a menear la cola.

A Macy no le costó encontrar la cocina, que era enorme y muy acogedora. Abrió la nevera y encontró algo de embutido y queso. Tenía demasiada hambre para preparar algo que no fuese un sándwich, así que no tardó en comer.

De cuando en cuando, le daba una loncha de embutido a Rocky. Este se la tragaba sin masticar.

—Así será tu amigo de por vida.

Macy se giró tan rápidamente que la cola de caballo le golpeó la mejilla. Vio a Carter apoyado en el marco de la puerta, observándola.

—Lo siento, a lo mejor no debería haberle dado esto de comer…

Él entró en la cocina.

—Come cualquier cosa —le dijo, sacando una cerveza de la nevera y ofreciéndole otra a ella.

—No, gracias.

—El perro de mi padre no rechaza nada de comida. Al menos, nunca le he visto hacerlo.

—Bueno es saberlo.

—Es normal —añadió Carter—, teniendo en cuenta que no siempre le daban de comer.

—Ah.

Así que el perro había sido del padre de Carter. Macy ató cabos. Estaban frente a frente y vio cómo Carter tragaba un sorbo de cerveza.

—Recogeré lo que he sacado y me marcharé de aquí.

Carter, que tenía la botella en los labios para volver a beber, se detuvo y la miró.

—Es probable que nos veamos con frecuencia, pero no hace falta que salgas corriendo. La cocina es lo suficientemente grande para los dos.

Macy tenía la sensación de que, cuando Carter entraba en una habitación, ocupaba todo el espacio y ella solo podía verlo a él.

—Entendido.

—De todos modos, ¿adónde ibas a ir?

—A explorar. Había pensado en estirar las piernas y darme un paseo.

Él la miró con preocupación.

—Debería acompañarte la primera vez —le dijo, terminándose la cerveza.

—¿Piensas que podría perderme?

—Es un rancho grande.

—Y yo soy una chica grande —dijo, sacando su teléfono—. Tengo GPS.

A él aquello no le pareció divertido.

—Ven conmigo —le dijo.

Por suerte, en esa ocasión no la agarró de la mano. Una cosa era que lo hiciese para huir de los paparazzi y otra distinta para seguirlo por su enorme y bonita casa.

Lo siguió hasta su dormitorio y esperó en la puerta. Lo vio buscar en un armario y sacar una camisa lisa de color rojo. Macy se dio cuenta de que había alguna otra cosa de mujer en su habitación.

—Toma.

—No, gracias.

—¿No quieres ponértela? —le preguntó Carter.

—No es mi estilo.

No quería que nada le recordase a él a la mujer que lo había dejado.

Carter clavó la mirada en su escote y tomó aire.

—Está bien. En cuanto pueda, regalaré todo esto. ¿Tienes algo que ponerte que no sean unos vaqueros blancos? Llamarán demasiado la atención por aquí.

—Mañana iré al pueblo y me compraré algo de ropa. Tal vez unas botas también.

Él volvió a buscar en el armario y sacó de él un sombrero marrón. Se lo puso en la cabeza.

—Este es mío —le dijo—. También es un buen disfraz. Esos rizos negros te delatan.

Macy se escondió el pelo debajo del sombrero.

Carter la miró con aprobación.

—Ponte las gafas de sol y estamos listos para salir.

Macy se colocó en el centro de un destartalado cenador y giró sobre sí misma con los brazos extendidos mientras sonreía de felicidad. Habría tirado el sombrero al aire si Carter no hubiese estado observándola de cerca.

Era cierto que el cenador estaba en mal estado, que la pintura blanca se había levantado y parte de la estructura estaba rota, pero el suelo estaba bien y los jardines podrían ser espectaculares si se cuidaban con un poco de cariño.

La actriz que había en ella se imaginó a un grupo de niños sentados en las escaleras, practicando la lectura en frío y aprendiendo técnicas para actuar en un escenario.

Rocky estaba sentado en la hierba seca, observándola también.

–Es perfecto –susurró ella, sin ganas de marcharse de allí, dando vueltas a las diferentes posibilidades.

Carter estaba en la puerta trasera de la posada. La había llevado allí para enseñársela. Era un edificio construido setenta años antes y que también estaba en mal estado, pero Macy había visto el cenador antes de entrar en ella y se había sentido atraída por él como por un imán.

Miró a Carter, que estaba esperándola, observándola.

–Está bien, Rock. Tenemos que irnos.

Cuando llegó al lado de Carter, este señaló el cenador.

–Estaba pensando tirarlo.

–¡No! No puedes hacer eso.

Él frunció el ceño.

–¿Por qué no?

–Porque es maravilloso. Podría volver a ser bonito con un poco de trabajo.

–Es peligroso. No aguantaría una tormenta.

–¿Se podría reforzar?

Carter se rio al oír aquello y ella pensó que no estaba siendo razonable, pero ¿qué más daba? Ella no iba a dar clases allí ni en ningún otro lugar.

Carter le enseñó la posada, que tenía seis

habitaciones, y que había estado en el terreno que había comprado para ampliar la propiedad que había heredado de su tío. Macy lo admiró porque era un hombre hecho a sí mismo. Había heredado un rancho destartalado y había hecho de él todo un imperio.

Macy solo llevaba allí medio día, pero ya se había dado cuenta de lo diferente que era la vida allí, en comparación con Hollywood. Eran dos mundos completamente distintos.

Carter le enseñó las destartaladas habitaciones del piso de arriba. Cinco estaban llenas de polvo, con el papel de las paredes muy viejo y las moquetas del suelo sucísimas.

Iban a bajar al piso de abajo cuando Macy señaló una habitación que había al final del pasillo.

—Espera, Carter. ¿Qué hay ahí?

Él dudó, su expresión cambió. Antes de que le diese tiempo a responder, Macy, que era demasiado curiosa, abrió la puerta y se asomó.

—Oh, vaya. Es… increíble —dijo, girándose a mirarlo, sorprendida—. Está completamente reformada.

Carter frunció el ceño.

—Sí, pero solo esta habitación.

Macy estudió las paredes recién pintadas, la enorme cama cubierta por una colcha de seda marrón y el suelo de madera reluciente.

—Es una imagen de cómo podría quedar el resto de la casa.

Carter hizo una mueca, como si acabase de morder un limón.

—Sí, bueno, ya veremos.

Se dio la media vuelta y fue hacia las escaleras.

Macy lo siguió al piso de abajo, tenía un montón de preguntas que quería hacerle.

Fueron a la cocina, apartando telarañas por el camino. Carter se detuvo delante de una ventana y miró hacia afuera.

—¿Crees que merece la pena arreglarla?

—Sí, por supuesto que sí. Tiene mucho encanto.

Él se encogió de hombros.

—Para algunos, tiene encanto. Para otros, es un lugar viejo y deteriorado, como muchos otros de por aquí.

—¿De verdad están pensando en echarlo abajo?

—Es un lastre para la propiedad.

Macy no estaba de acuerdo. La casa no estaba precisamente a pie de autopista, sino en un lugar más bien escondido. Nadie la encontraría, ni la vería, si no iba buscándola.

—Con un poco de tiempo y de esfuerzo, podría quedar muy bonita. La podrías abrir al público y alquilar las habitaciones, o utilizarla como casa de invitados.

Él se quedó pensativo unos instantes, luego asintió, como si su opinión le importase.

—Lo pensaré.

Salieron de la posada y caminaron por la orilla del río. Macy dejó que la paz y la tranquilidad le calase hasta los huesos.

–Esto era exactamente lo que necesitaba –susurró.

–Es lo que tiene el río Salvaje –dijo él.

Era evidente que amaba aquel lugar.

Los álamos les daban sombra mientras paseaban, con Rocky pisándole los talones a Carter. Macy se sentía segura allí, en medio de la nada, con un extraño. Carter casi no la conocía cuando le había ofrecido su casa y, con él a su lado, Macy se sentía protegida.

–Me alegro de que me invitases a venir –le dijo, conteniéndose para no volver a darle las gracias. No quería parecer un disco rayado.

Él miró hacia el río, entrecerrando los ojos contra los rayos del sol.

–Quédate todo el tiempo que quieras, Hollywood.

Ella rio al oírle llamarla así. No era la típica chica de Hollywood, pero miró su reflejo en el agua y entendió que él la viese así. Bastaba con mirarla para saber que iba disfrazada. No obstante, Macy sabía quién era en realidad, aunque no le hubiesen permitido intentar conseguir sus propios sueños.

En esos momentos estaba en un punto en el que no sabía qué hacer.

Pero se prometió a sí misma que no se iba a derrumbar.

Al menos, mientras estuviese en el río Salvaje. Estaba de vacaciones.

Después de la cena, Carter dejó a Macy sola. Necesitaba hablar con su primo Brady. Fue hasta su casa, a las afueras del pueblo, y se bajó del todoterreno dando un portazo. Clavó la vista en la puerta de la casa y respiró hondo.

No era fácil admitir que lo habían rechazado, pero, dadas las circunstancias, estaba furioso.

Llamó a la puerta, pero no respondió nadie. No obstante, el olor a barbacoa lo guio hasta el jardín trasero. Allí encontró a Brady preparándose un filete.

–Eh, Carter, no esperaba verte tan pronto. Pensé que estarías preparando la boda –comentó este al verlo llegar mientras le daba la vuelta a la carne.

Carter hizo una mueca.

–Pues no. No va a haber boda. Me ha rechazado.

Brady dejó el tenedor a un lado y levantó la cabeza.

–¿Sí?

–Pensé que a lo mejor tú sabías el motivo.

Brady arqueó las cejas.

–¿Yo? ¿Cómo voy a saberlo? ¿No te ha dado un motivo?

Carter se acercó a Brady y escogió sus palabras con cuidado. Siempre había tenido una buena relación con su primo, y confiaba en él. Era un hombre con escrúpulos, que había crecido de manera pobre y después había tenido éxito trabajando en el mercado inmobiliario. Carter no lo estaba acusando de nada, pero tenía derecho a saber la verdad.

—Sí, pero me gustaría saber qué tienes que decir tú al respecto.

Su primo sacó el filete y se giró hacia él.

—¿Has cenado?

—Sí. Y te dejaré cenar tranquilo en cuanto hayamos aclarado esto.

—Eh, siento que Jocelyn te haya dicho que no, pero tengo que decirte…

—¿El qué?

—Bueno, te lo contaré, ya que veo que estás decidido a averiguar la verdad. A mí ella no me importa, pero he mantenido la boca cerrada desde que empezasteis a salir juntos. Siempre que venía a ver a Regina hablaba mal de ella, como si su abuela fuese un lastre, o algo así. No me malinterpretes, Jocelyn es muy guapa, y supongo que tiene buenas cualidades. Así que yo creí que era el único que pensaba que era una mujer arrogante y que trataba fatal a su propia abuela.

Carter lo escuchó y se sintió aliviado.

—Nunca me lo habías dicho.

—Pensaba que lo vuestro no iba en serio. Según Jocelyn…

–¿Qué decía?

Brady negó con la cabeza, no quería contárselo.

–Nada. No importa. ¿Cómo lo llevas? Habías decidido casarte con ella y sentar cabeza. Y yo odio tener que decirte esto, pero creo que vas a estar mejor así.

Carter lo fulminó con la mirada, no le gustó oír la verdad.

–Lo siento, pero me has preguntado –dijo Brady, entrando en casa para ir a buscar dos cervezas–. Toma. Ahoga las penas.

Carter hizo una mueca y aceptó el botellín de cerveza.

–Según tú, debería estar de celebración.

Brady dio un trago y asintió.

–Siempre hemos sido sinceros el uno con el otro.

Carter se llevó el botellín a los labios y le dio un buen trago.

–Es verdad. Es difícil, pero tengo que contarte por qué ha roto conmigo.

–No, no hace falta.

–Tiene que ver contigo, Brady. No quiero ocultarte nada. Al fin y al cabo, eres la única familia que tengo.

–No es verdad, tienes a Riley.

Carter blasfemó.

–Es tu padre –le dijo Brady.

–Ya he dicho que tú eres la única familia que tengo. Con respecto a Jocelyn, al parecer ha estado todo el tiempo mintiéndome y, en realidad, solo pensaba en ti.

–¿Qué?

–Dice estar enamorada de ti.

Brady sacudió la cabeza.

–Eso no es posible.

–Es lo que me ha dicho, que solo quería ponerte celoso –le contó Carter–. ¿Lo estabas?

Brady dejó su cerveza y lo miró a los ojos.

–No. Jamás se me habría ocurrido. Pensaba que estabas cometiendo un error, pero que si los dos erais felices, no debía entrometerme.

–De acuerdo. Entendido. Tenía que saberlo.

–Lo siento mucho.

Carter se terminó la cerveza y le sonrió.

–¿El qué, ser tan irresistible?

Carter no podía negar que estaba enfadado, que se sentía dolido, traicionado y que estaba hecho un lío, pero había aprendido una lección.

–No me volverá a ocurrir.

–Veo que estás afectado –comentó Brady.

–Lo superaré.

No solo había perdido a Jocelyn, sino también la oportunidad de tener una esposa y una familia, pero saldría adelante.

–Ya puedes cenar.

–Gracias, aunque has hecho que se me quite el apetito.

–Sí, claro –dijo Carter, que sabía que a Brady

le gustaba comer tanto como a él–. Ven pronto por el rancho. He traído a una invitada y me gustaría que la conocieras.

Brady arqueó las cejas.

–¿Una invitada? Vaya, veo que no pierdes el tiempo.

Carter se echó a reír.

–No pienses mal. Macy es…

–¿Macy? ¿Es vieja? ¿Gorda? ¿Fea?

–Es guapa, casi podría decirse que preciosa. Debe de tener unos veintiséis años y tiene cuerpo de diosa.

–¿Me estás tomando el pelo? –preguntó Brady con incredulidad–. Supongo que es una broma.

–No, no es una broma, pero tampoco es lo que parece.

Carter se pasó los siguientes minutos explicándole a su primo cómo había conocido a Macy y por qué la había invitado a ir al rancho.

Brady se rascó la cabeza.

–De acuerdo, iré a conocerla.

Carter casi se había marchado cuando su primo le preguntó:

–¿Qué diría Jocelyn si supiese que tienes una invitada así en el rancho?

Carter se giró para mirarlo.

–¿Cómo iba a enterarse?

–Tal vez se lo cuente yo a Regina mañana, cuando vaya a ayudarla a colocar unas estanterías.

Carter se encogió de hombros. Jocelyn ya no le importaba, pero se lo merecía.

Asintió y sonrió con malicia.

Y después se marchó.

# *Capítulo Cuatro*

Desde la puerta de la cocina, Carter observó cómo Macy intentaba recogerse sin éxito los pequeños rizos que se le formaban en la base de la nuca. Estaba junto a la piscina y tenía los hombros desnudos, brillando bajo el sol, lo mismo que el resto de su cuerpo, a excepción de las partes cubiertas por un pequeño biquini blanco. Carter se había quedado boquiabierto al ver que compraba aquel biquini en una tienda de ropa de River Rags, un par de días antes.

Había intentado convencerla de que no lo comprase, pero no lo había conseguido.

Parecía relajada, y esa era la idea, y había intentado mantenerse alejada de su camino. El problema era que Carter llevaba tres días viéndola en la piscina y le apetecía estar con ella.

Macy procedía de un mundo diferente, se dijo a sí mismo. Y a él ya le habían hecho daño.

Su sentido común le advirtió de que se marchase de allí, pero antes de que le diese tiempo a hacerlo, Macy lo vio.

—¿Eres tú, Carter? —preguntó desde su tumbona.

—Sí, soy yo, pero no quiero molestarte.

—Me vendrá bien que me molesten un poco —dijo ella en tono frustrado. Cerró el libro y se giró hacia él.

Carter se acercó y se sentó en una silla de hierro forjado, a la sombra de un árbol.

—Gallina —bromeó Macy.

Él se desabrochó los dos botones más altos de la camisa.

—Hace demasiado calor.

—Podrías bañarte en la piscina, ¿sabes?

—Eso estropearía mi imagen de vaquero.

Macy se echó a reír. Él lo hizo también, recorriendo su cuerpo dorado con la mirada. Tenía las piernas largas y esbeltas, perfectas. El vientre plano y los pechos... Levantó la vista a sus ojos.

Ella se ruborizó y él le preguntó con voz ronca.

—¿Por qué querías que te molestase?

—Bueno, yo... —empezó Macy, mirando a lo lejos—. Estoy aburrida. Sé que no es tu problema, y no quiero parecer desagradecida, pero llevo tres días sin ver a nadie, excepto a Henry, a Mara y a ti. Bueno, el otro día fuimos de compras al pueblo, pero tampoco era el momento de hacer amigos, ya que iba de incógnito. Por cierto, que no creo que haga falta que me esconda, aquí nadie me conoce...

—¿Sabes montar?

Ella arqueó las cejas.

—¿A caballo?

Carter asintió lentamente.

–Por supuesto. Mi padre hizo una película en España y nos alojamos en una finca maravillosa. Yo tenía seis años y aprendí a montar a caballo allí.

–Iremos después de cenar. Con la puesta de sol.

–¿De verdad?

Carter se rascó la cabeza. No había sido un buen anfitrión.

–Pero ponte esas botas que te compraste. Y un sombrero.

–Estará oscuro. No creo que haga falta que me disfrace.

–No es para que vayas disfrazada –le dijo él, volviendo a pasar la mirada por su cuerpo.

–Ah –susurró ella.

Tenía que saber lo atractiva que estaba en biquini. Si no lo hubiese sorprendido mirándola, Carter se habría encerrado en su despacho y habría intentado olvidar la atracción que llevaba torturándolo toda la semana. Todavía estaba bajo el efecto del engaño de Jocelyn, y Macy era una distracción, pero seducirla no entraba en sus planes.

Ninguno de los dos necesitaba complicaciones en su vida en esos momentos.

–Disculpa, Carter, señorita Tarlington… –dijo Mara desde la puerta trasera de la casa.

Él agradeció la interrupción.

–Hola, Mara. ¿Qué ocurre?

–Henry ha terminado la entrevista. Está impresionado con el señor Fargo y le gustaría que lo conocieras, si tienes tiempo hoy.

–Por supuesto, dile a Henry que me esperen en el despacho.

–Después, había pensado en volver a casa con Henry, si te parece bien. La cena está preparada.

–Por supuesto. Gracias, Mara.

–De acuerdo. Hasta luego.

Macy se puso recta en su tumbona.

–Adiós, Mara, y acuérdate de llamarme Macy.

Mara asintió y se marchó.

Carter se puso en pie y vio cómo Macy intentaba atarse los tirantes del biquini, tomó aire y se disculpó.

–Nos vemos en la cena, Carter –le dijo ella.

–Sí –murmuró él.

No sabía qué era peor, si haber invitado a Macy al rancho o estar disfrutando de su presencia en él.


Carter se sentó detrás de su escritorio. Intentaba trabajar todo lo que podía desde su despacho en el rancho en vez de ir a Dallas, donde estaba la sede de su empresa ganadera McCay's Cattle Company. Últimamente, su trabajo consistía en algo más que comprar y vender ganado. Había diversificado y tenía otros negocios, pero el principal siempre sería el rancho.

Recibió a su posible empleado con una sonrisa. Pensaba que no había nada que dijese más de un hombre que la sinceridad de su mirada.

—Tengo entendido que tiene mucha experiencia, señor Fargo.

—Sí, la verdad es que sé cómo funcionan las cosas —dijo este.

Carter asintió mientras leía su currículo.

—Ha trabajado en la construcción, para el gobierno y de profesor, entre otras cosas. ¿Qué enseñaba?

Bill Fargo se inclinó sobre el escritorio y señaló el papel que Carter estaba leyendo.

—Lo pone aquí. Historia de los Estados Unidos. Y también fui entrenador de fútbol americano unos años.

Carter apoyó la espalda en su sillón y estudió al hombre con la mirada. Era alto, tenía buen aspecto y alrededor de sesenta años. Le gustaba su seguridad.

—Yo jugaba en el instituto. De corredor.

—Hizo algunas carreras muy buenas.

—Sí, pero de eso hace mucho tiempo.

—Corrió mil novecientas yardas en una temporada. E hizo trece *touchdowns*.

Carter se echó a reír.

—Veo que ha hecho los deberes.

—Podría decirle que sí, pero la verdad es que he preguntado en el pueblo. Al parecer, sus vecinos tienen buena memoria para el fútbol americano.

–Solo por curiosidad. ¿Qué más le han dicho de mí?

–Que fue militar. Que su padre es un borracho. Que es un hombre justo y que sabe llevar su negocio.

A Carter le picó la cara y se rascó mientras miraba al otro hombre. Era la primera vez que le hacían un resumen de su vida. Se podría haber añadido a la lista que su novia acababa de dejarlo.

–El trabajo es de vigilante. Para vigilar la finca y un viejo edificio que estoy pensando tirar. En eso no tiene experiencia.

Bill Fargo se cruzó de brazos.

–Conseguí que veinte chicos y chicas se interesasen por la historia cada semestre. Evité que un equipo de fútbol de adolescentes se peleara, bebiese y dijese palabrotas. Cuando me dan un trabajo, lo hago. También tengo experiencia con armas de fuego.

Carter arqueó las cejas.

–Ya veo –dijo, leyendo la parte de su currículo en la que hablaba de sus intereses–. Es cazador.

–Sí.

–¿Por qué quiere trabajar aquí?

–Necesito trabajo y este me parece un buen lugar para vivir.

A Carter le caía bien aquel tipo.

–Me parece justo –le dijo, releyendo su currículo otra vez.

A Henry también le había causado una buena impresión.

–Todo me parece bien. Si está de acuerdo con las condiciones, está contratado.

Carter alargó la mano y Fargo se la apretó con firmeza. Luego, ambos se pusieron en pie.

–Mañana vaya a ver a Henry y él le dirá cuáles son sus tareas. ¿Tiene alguna duda?

–No se me ocurre nada –le contestó Fargo.

–Estupendo. En ese caso, gracias por la entrevista.

Se despidieron y Carter acompañó al otro hombre hasta la calle. No supo si debía advertirle que Macy Tarlington, la hija de la legendaria actriz, estaba pasando unos días en la propiedad. Al final decidió esperar a ver cómo trabajaba Bill Fargo antes de hacerlo.

–Creo que deberías saberlo, he contratado a alguien para que vigile la posada por las noches.

Sorprendida, Macy levantó la vista de los platos que estaba colocando en la mesa de la cocina. Había estado inmersa en sus pensamientos y no había oído entrar a Carter.

–Es un hombre mayor, pero muy capaz. Es posible que lo veas por el rancho.

Carter entró en la habitación moviéndose

con gracia, golpeando el suelo de piedra con las botas.

—Pensé que este era un lugar seguro.

—Suele serlo, pero han entrado en la posada. Han debido de ser unos chicos, haciendo una travesura. El caso es que han roto una ventana. Nada grave, pero ahora que estás aquí, algo más se seguridad no estará de más.

—¿Algo más? ¿Qué tienes, además de las vallas y las puertas?

Lo miró a los ojos color avellana. Olía bien. A tierra y a almizcle. Él sonrió.

—A mis hombres. Casi todos llevan pistola.

Macy tragó saliva. Procedía de un lugar en el que tener una pistola era casi políticamente incorrecto.

—¿Por qué?

—Por las serpientes de cascabel y los ladrones de ganado.

—¿Estás de broma?

Carter le rozó el hombro al girarse a sacar la jarra de té de la nevera. La llevó a la mesa.

—No dirías eso si tuvieses delante una serpiente con lomo de diamante.

—¿Te ha ocurrido?

Carter sirvió té en dos vasos y los colocó delante de los platos.

—Por lo menos una docena de veces.

Ella se frotó los brazos, se le había puesto la piel de gallina solo de pensarlo.

—Odio las serpientes.

–Yo creo que a ellas tampoco les gustamos nosotros. Son los riesgos de ser ranchero.

–Pero si este lugar es como un complejo turístico, quiero decir, que hay unos jardines preciosos, piscina, y una cancha de tenis.

Carter bebió de su vaso.

–Es todo fachada.

–Ahora sí que estás de broma –dijo Macy, mordiéndose el labio inferior–. No me hablaste de serpientes cuando me enseñaste la finca el otro día.

–Yo estaba pendiente, no te preocupes.

Ella recordó lo tranquila que se había sentido durante aquel paseo.

–Pero no llevabas pistola –le respondió–. ¿O sí?

–Llevaba un cuchillo –le contó Carter sonriendo–. No estarás echándote atrás con respecto al paseo de esta noche, ¿verdad?

–Yo…

Se le había pasado por la cabeza, pero Macy no solía acobardarse nunca, salvo cuando se trataba de hacer un desnudo.

–No. No seas tonto. Todavía quiero ir –dijo, volviendo a estremecerse–. ¿Irás armado?

Él se echó a reír.

–Sí, aunque, para que lo sepas, es bastante difícil que una serpiente se suba a un caballo.

Carter sacó el pan. Mara les había dejado preparado un asado con patatas y verduras. Lo olió y dijo satisfecho:

—Umm. ¿Cenamos? Tengo hambre.

—Huele muy bien.

Macy se concentró en otra cosa. No podía pensar en pistolas y serpientes mientras cenaba, así que pensó en lo ocurrido unas horas antes, cuando Carter se había acercado a ella en la piscina. ¿Habría malinterpretado su indirecta? Le parecía que no.

Aunque seguro que seguía enamorado de Jocelyn.

Sirvieron la cena entre los dos y empezaron a comer en silencio. Carter no hablaba, bebía ni hacía ninguna otra cosa mientras estaba comiendo. Devoraba con rapidez, como si aquella fuese su última comida. En una ocasión, Macy le había oído decir a una amiga que había sido muy pobre que comer rápido era una costumbre de supervivencia que la había quedado de la niñez. Entonces, la comida había sido un lujo para ella y nunca había sabido cuándo sería la siguiente vez que iba a comer.

Macy sonrió a Carter. Había limpiado el plato mientras que ella todavía iba por la mitad.

—¿Siempre has vivido en el rancho? —le preguntó.

Él se puso recto y se cruzó de brazos.

—No. Esta era la casa de mi tío. Viví con él por temporadas hasta los doce años. Luego me vine de manera permanente y pasé la adolescencia aquí. De él aprendí el trabajo del rancho. Por aquel entonces, la casa solo tenía tres

dormitorios y un baño, y el establo era pequeño, aunque resistente. Mi tío lo hacía bien. Era
un buen hombre.

—¿Qué fue de tus padres?

Carter la miró y sacudió la cabeza. Por un
instante, Macy pensó que no iba a responderle.
Aunque Carter intentó disimular, la expresión
de su rostro era de dolor.

Ella se arrepintió de haberle preguntado
por sus padres, pero antes de que le diese tiempo a disculparle, él empezó a hablar.

—Mi madre murió cuando yo tenía ocho
años. Recuerdo que discutía con mi padre casi
todas las noches. Luego lloraba en la cama, y yo
también. Riley es egoísta y débil, e hizo que tu-
viésemos que enterrar a mi madre antes de
tiempo —dijo, frotándose la barbilla, pensativo—. Es un borracho. Siempre lo ha sido.

A Macy aquellas palabras le resultaron fami-
liares. Las había oído demasiadas veces cuando
su padre todavía vivía. Las náuseas que había
sentido de niña volvieron a invadirla. Se preguntó si Carter se habría sentido como ella. Ya
se había dado cuenta de que no tenía una buena relación con su padre, pero jamás habría
adivinado que ambos tuviesen tantas cosas en
común.

—Te comprendo.

Él negó con la cabeza.

—Lo dudo, Hollywood.

—De verdad que te comprendo. Mi padre se

estrelló contra un árbol hace diez años. Iba completamente borracho. Había ganado mucho dinero jugando y se había emborrachado para celebrarlo. Era jugador y borracho. Por aquel entonces, la muerte de Clyde Tarlington fue toda una noticia. Seguro que llegó hasta aquí.

Carter se encogió de hombros y sacudió la cabeza.

—Estaba en el extranjero. ¿Fue duro para ti?

Macy asintió.

—Horrible. Mi madre cayó en una profunda depresión y dejó de ocuparse de mí. Yo tenía dieciséis años.

—Es una edad difícil.

—No me lo cuentes.

Carter se levantó de la silla. Era evidente que había terminado con aquella conversación.

—Eh, Duke y Honey nos están esperando. Y necesitan hacer ejercicio tanto como nosotros un poco de aire fresco. ¿Nos vamos?

—Llevo las botas puestas, ¿no? —dijo ella, levantando un pie para enseñárselas.

Carter miró las botas que había comprado en el pueblo, luego levantó la mirada hacia sus pantalones azules y la camisa blanca y asintió.

—Vamos.

# *Capítulo Cinco*

Macy tenía el trasero dolorido, pero no se podía quejar. Honey era un encanto de caballo, era evidente que Carter había elegido muy bien.

En realidad, lo hacía todo muy bien y eso estaba empezando a ponerla nerviosa. ¿Cómo podía ser tan perfecto? Tenía que tener algún defecto. Y ella estaba deseando encontrárselo.

Porque desde donde estaba sentada en esos momentos, con Carter delante, relajado, montando a Duke y con su Stetson calado, no le veía ningún maldito defecto.

A lo largo de los años, Macy había odiado a algunos hombres guapos, ninguno le había dado buen resultado. Al final, no habían sido sus defectos los que la habían hecho desistir, sino el hecho de que les hubiese interesado más conocer a la hija de Tina Tarlington que conocer a Macy como persona, y ella los había dejado en cuanto se había dado cuenta. Quería a un hombre que la viera a ella por sí misma, no a alguien impresionado por la persona que había firmado su partida de nacimiento.

¿Acaso era pedir tanto?

Duke se puso a trotar y Honey lo siguió. Macy intentó sentarse con firmeza en la silla, pero su trasero chocó contra ella tantas veces que tuvo que apretar los dientes del dolor. Agarró las riendas con firmeza y tuvo la suerte de que Carter no miró atrás para ver cómo hacía el ridículo. Después de unos minutos, Carter hizo que su caballo volviese a andar y Honey aminoró el paso también. Macy pudo recuperar por fin la respiración. Estaba segura de que su trasero jamás volvería a ser el mismo.

—¿Cuándo vamos a parar? —le gritó a Carter.

Este se giró a mirarla.

—Yo… quería ver mejor esta parte del río —le dijo ella.

Él rio.

—Es como todas las demás partes del río, pero por supuesto, si necesitas parar, pararemos.

—No necesito parar. Quiero parar.

—De acuerdo.

Carter fue delante, guiado por los descendentes rayos del sol, que teñían la tierra de un tono rosado y brillaban sobre el agua. El caballo de Macy siguió a Duke y en un par de minutos, que Macy contó uno a uno, se detuvieron.

Carter desmontó con gracia, le dio una palmadita a su caballo y luego se acercó a ella. Macy intentó imitarlo, pero le dio con la bota a Honey, que se movió y le hizo perder el equilibrio.

Carter la agarró antes de que se cayese al suelo.

—Cuidado —le dijo.

Macy se encontró entre sus brazos, apoyada en su fuerte pecho. El corazón le dio un vuelco y eso la molestó. Lo maldijo. Había vuelto a rescatarla. Lo miró a los ojos. Aquello era un error. En vez de encontrar deseo en ellos, solo vio diversión.

—A lo mejor no montas a caballo tan bien como pensabas.

Ella apartó los brazos de su cuello y le dio un suave empujón.

—Claro que sí, monto desde hace mucho tiempo.

—¿Cuándo lo hiciste por última vez?

—Ah… Veamos… —comentó, pensativa—. Hace tres o cuatro años.

Carter se levantó el sombrero y la miró.

—O cinco o seis —le dijo.

—De acuerdo, hace más o menos ocho años.

—Pues se te ha olvidado montar.

—De eso nada. Solo estoy un poco oxidada.

Carter le dio la espalda y ella se frotó el trasero para intentar aliviar el dolor.

—Recuérdame que te dé una pomada cuando volvamos a casa. Te dejara tu bonito trasero como nuevo —le dijo riendo.

—Te estás divirtiendo demasiado conmigo, Carter McCay.

—La verdad es que sí.

Se acercó al río y se agachó a recoger una piedra. Macy le vio tirarla al agua, que casi no tenía movimiento.

–A mí no me parece un río salvaje.

–No, esta noche, no, pero a veces lo es. En ocasiones, puede volverse traicionero cuando menos lo esperas.

El sol se ocultó en el horizonte. Aquel era el momento del día que más le gustaba a Macy, y se quedaron allí en silencio hasta que la luz se apagó del todo.

–Me gusta esto –comentó ella en voz alta.

Carter giró la cabeza y sus miradas se encontraron.

–Sabía que te gustaría.

–Pero no puedo estar otro día más sin hacer nada. He aprendido algo acerca de mí.

–¿El qué?

–Que me cuesta relajarme. Necesito hacer algo.

Le había estado dando vueltas al tema durante el día. No podía esperar que Carter la entretuviese, él tenía que trabajar. Y le había prometido que no iba a ser una carga. Así que la solución los beneficiaría a ambos.

–Carter, puedes decirme que no y no me enfadaré, pero me gustaría ayudarte a arreglar la posada. Me vendría bien tener un proyecto. Y mis servicios serían baratos. Trabajaría… gratis.

Carter no dudó en responder.

–No.

–¿Por qué no?

–Porque todavía no he decidido qué voy a hacer con ella.

–Pero si es perfecta. No es posible que sigas pensando en derribarla. Dime que has cambiado de idea al respecto.

–No puedo. Todavía no he tomado la decisión.

Macy se cruzó de brazos.

–Entonces, ya está.

–Yo no he dicho eso.

No era a aquello a lo que se había referido Macy. Era testarudo. Ese era su defecto. Y a ella le entraron ganas de ponerse a bailar allí mismo, bajo la luz de la luna. Carter era más terco que una mula.

Se echó a reír y él la miró sorprendido.

–¿De qué te ríes?

Ella levantó un hombro.

–De nada –mintió.

Ya tenía un defecto en el que pensar cuando apareciese la imagen de Carter en su mente justo antes de dormir por las noches.

El vaquero no era perfecto.

Qué alivio.

–¿No vas a intentar convencerme de lo contrario? –le preguntó él con escepticismo.

–Por supuesto que sí. Suelo ser incansable cuando pienso que tengo razón.

Carter frunció el ceño.

—Y supongo que eso ocurre la mayor parte del tiempo.

Macy sonrió todavía más.

—Por supuesto.

—Adiós, Mara, y gracias de nuevo por la comida —dijo Macy desde la puerta de la casa.

—De nada —respondió esta desde la cocina.

Macy salió de la casa, parecía una chica de campo, con el sombrero de Carter y unos pantalones vaqueros nuevos.

El sol del atardecer le hizo entrecerrar los ojos e, inmediatamente, se colocó las gafas de sol.

Pasó por los corrales y vio a Henry hablando con uno de los hombres. Lo saludó con la mano y él se tocó el ala del sombrero. Ella se dirigió hacia el camino que llevaba a la posada.

Durante los últimos días, había conocido a varios trabajadores del rancho y nadie había parecido reconocerla ni la habían hecho sentirse fuera de lugar. Aquel parecía un lugar tan alejado del mundo que Macy se sentía muy cómoda allí.

Demasiado cómoda. El paseo le iría bien. Carter se había marchado a Dallas y ella había pasado el día leyendo y tomando el sol, así que necesitaba moverse.

Rocky salió corriendo de los establos y llegó a su lado con la lengua fuera.

–Hola, Rock. Me vas a defender de las serpientes, ¿verdad?

Pensó que no sabía lo que habría hecho sin su compañía.

Anduvo a buen paso con la esperanza de quemar así alguna caloría, e intentó mantenerse lo más cerca posible del río. No se le había olvidado el tema de las serpientes, pero no podía consentir que eso le impidiese dar un paseo. Tendría cuidado y mantendría los ojos bien abiertos. Mara le había dicho que llevaba toda la vida viviendo allí y que nunca se había encontrado con una serpiente venenosa. Después de aquello, Macy había tomado una decisión.

Vio el ganado de Carter pastando a lo lejos y fue en dirección contraria, hacia la posada.

–Tu dueño es muy testarudo. Quiere dejar que esa casa tan bonita se desperdicie.

No había dejado de pensar en la posada desde que Carter se la había enseñado, varios días antes. Le había insistido a diario en que la dejase reformarla, pero el vaquero no daba su brazo a torcer y Macy tenía la sensación de que había algo que no le había contado.

Llegó a la posada sin ningún incidente y volvió a agradecer que Mara la hubiese animado. Rocky la siguió al interior y ella volvió a recorrer las polvorientas habitaciones del primer piso, imaginándoselas en todo su apogeo, cuando habían tenido invitados.

Se imaginó el lugar como un palacio texano.

–Qué pena –susurró.

Salió fue y fue casi sin darse cuenta al cenador, al centro de lo que podría ser un escenario. El río estaba solo a unos metros de allí, unos robles enormes daban sombra. Era un lugar perfecto para que floreciese la creatividad. Era un espacio de inspiración.

Un ruido procedente de detrás de los árboles la sobresaltó. Allí había algo. Rocky se puso a ladrar y ella sintió miedo. El perro se arrimó a sus piernas, protegiéndola, y ladró con más fuerza. Macy se imaginó una enorme serpiente.

Se arrodilló y agarró a Rocky mientras esperaba a que apareciese la horrible criatura. Con el corazón en la boca, preguntó:

–¿Quién hay ahí?

Y vio salir a un hombre de entre los árboles.

–Lo siento, señora, no pretendía asustarla.

El hombre sonrió a Rocky, que dejó de ladrar.

Se acercó despacio mientras decía:

–Soy Bill Fargo. El señor McCay me ha contratado para vigilar la finca.

Macy suspiró aliviada y se incorporó. El hombre llevaba unos pantalones y una camisa en el mismo tono que su grueso pelo cano. No era exactamente un uniforme, pero se le parecía.

–Ah.

—¿Quién es usted?

Macy lo miró fijamente.

—Lo siento, señora —le dijo él en tono más amable—. Solo estoy haciendo mi trabajo.

—Me llamo Macy. Estoy en el rancho invitada por el señor McCay. Carter me había dicho que iba a haber un vigilante, pero pensé que iba a ser por las noches.

Él se miró el reloj.

—Desde las cuatro de la tarde hasta la medianoche.

—¿Me ha seguido hasta aquí?

El hombre negó con la cabeza.

—No. Ha sido una coincidencia. ¿El perro es suyo?

—No, Rocky es el perro del señor McCay.

Fargo se inclinó y alargó la mano, y Rocky se acercó y olisqueó cuidadosamente sus dedos.

—Es un buen perro guardián.

El perro dejó de olisquear, inclinó la cabeza y lamió la mano del hombre. Macy suspiró. Menudo perro guardián.

—Es inofensivo.

Bill Fargo se echó a reír.

—Diré en su defensa que sabe que yo no soy una amenaza —dijo, incorporándose.

Era alto y parecía estar en forma a pesar de tener algo de barriga.

—Es un lugar estupendo. Estaba explorándolo.

—Estoy de acuerdo.

–Bueno, pues encantada de conocerte, Macy. Supongo que nos veremos por aquí. La próxima vez, espero no asustarte.

–La próxima vez no me imaginaré un enorme reptil saliendo de entre los matorrales y dispuesto a comerme.

El hombre se alejó sonriendo y Macy volvió a entrar en la casa. Subió las escaleras y fue derecha a la habitación que ya estaba reformada. La anterior vez que había estado allí, Carter la había obligado a salir enseguida, pero en esos momentos tenía tiempo para verla bien. Se preguntó si Jocelyn habría intervenido en la decoración. ¿Habría convencido a Carter para arreglar la posada antes de dejarlo?

Desde la ventana, vio cómo los robles y los álamos formaban una especie de telón que definía el perímetro del jardín. Los rayos de sol pasaban a través de las ramas, inundándolo todo de luces y sombras. El cenador, situado en el centro de la propiedad, parecía un valiente soldado herido que pretendía llamar la atención.

Macy suspiró.

Oyó el motor de un coche y miró en dirección al mismo. Entonces vio un todoterreno. Su conductor era un vaquero con un sombrero negro.

Lo perdió de vista al acercarse a la casa y se puso nerviosa.

Carter estaba allí.

Se recordó a sí misma por enésima vez que no estaba en subasta. No podía pujar por él. Estaba fuera de su alcance por muchos motivos.

–¿Macy? –la llamó desde el piso de abajo–. ¿Estás ahí, Hollywood?

Rocky se alejó de su lado al oír a Carter y corrió escaleras abajo.

Macy se asomó por la puerta.

–Estoy aquí.

Se sentó en la cama con el corazón acelerado, mientras oía las botas de Carter por las escaleras. Cuando entró en la habitación, un olor a lima y almizcle lo siguió.

–Hola –lo saludó Macy.

Él se sentó en la cama, a su lado.

–Hola –respondió en voz baja.

–¿Me estabas buscando? –le preguntó, solo por decir algo.

Él asintió.

–Sí.

–¿Por qué?

Carter se encogió de hombros.

–No lo sé. Mara me ha dicho que habías salido a dar un paseo, y he imaginado que estarías aquí.

–Pues tenías razón. He conocido a Fargo.

–Lo sé. Me lo he encontrado por el camino cuando venía. Me ha dicho que te ha dado un buen susto. No le había dicho quién eras, pensé que sería mejor mantenerlo en secreto por el momento.

–He creído que era una serpiente –admitió Macy–. Ya lo sé, soy patética.

Carter se echó a reír y negó con la cabeza.

–No. A lo mejor exageré un poco cuando te conté lo de las serpientes. Solo quería que estuvieses atenta si te encontrabas con una.

–Hombre, lo que es evidente es que no iba a intentar hacerme su amiga.

Él se frotó la barbilla y contuvo una sonrisa.

–Entonces, veo que mi estrategia ha funcionado.

Macy sintió ganas de darle un puñetazo.

Carter se quitó el sombrero y lo dejó entre ambos, luego, se pasó una mano por el pelo. A Macy se le secó la boca. Se sentía confundida siempre que tenía a Carter cerca. Entonces se recordó lo testarudo que era y la pregunta que había tenido en la cabeza salió por sus labios.

–¿Arregló Jocelyn esta habitación?

–¿Qué? –preguntó él sorprendido.

–Me preguntaba si tu prometida habría empezado a arreglar la casa.

Él hizo una mueca y se puso en pie. Se acercó a la ventana y miró por ella.

–Nunca fue mi prometida.

–Ah, de cuerdo –susurró Macy–. Lo siento.

Se hizo el silencio en la habitación.

Macy se levantó también y se acercó a él.

–No pretendía entrometerme.

–¿No? –inquirió Carter, fulminándola con la mirada.

–No, yo... –empezó ella–. Si no quieres contármelo, no pasa nada.

Carter cerró los ojos y respiró hondo. No tenía por qué darle ninguna explicación, pero ella quería saber. No se trataba solo de tener la oportunidad de trabajar en la posada. Hacía muy poco tiempo que se conocían, pero habían cuajado desde el principio. Se sentían cómodos el uno con el otro, y aunque Carter hiciese que se le acelerase el corazón, lo cierto era que sentía algo parecido a amistad con él. Le importaba.

Él se llevó la mano a la frente y se la frotó.

–A Jocelyn ni siquiera le gustaba este lugar. Pensaba que debía echarlo abajo.

–Ah.

A Macy le sorprendió la respuesta.

–Y yo también lo estaba considerando, pero no por ella.

–Entonces, ¿por qué?

Macy no lo entendía.

–Tiene que ver con mi padre –le respondió él entre dientes.

Macy esperó. Era evidente que era un tema delicado.

–Después de su última rehabilitación, acordamos que se quedaría aquí de vigilante y trabajaría con los decoradores. Era una prueba, y él me prometió que estaba limpio. Pero solo aguantó dos semanas. Un día, el decorador vino a buscarme porque mi padre no le había abierto la puerta y lo encontré completamente ebrio en el patio trasero de su casa. Esta estaba en llamas. Al parecer, el viejo se había dejado un fuego encendido en la cocina. Todo estaba lleno de humo y él, tan borracho que no había sido capaz ni de salir de allí. Entonces oi llorar a Rocky. Estaba atrapado dentro de la casa.

–¡Qué horror! –comentó Macy.

–Lo saqué y me lo traje a casa conmigo.

–¿Y tu padre?

–Había inhalado bastante humo, pero no hay nada que pueda con Riley McCay. Sigue bebiendo. He oído que cubrió las pareces con paneles de madera y está viviendo en dos habitaciones de su vieja casa.

–Fue una suerte que fueses a buscarlo, si no, ni Rocky ni él habrían sobrevivido.

Macy no pudo evitar pensar en su propio padre y desear haber podido ayudarlo.

Hubo otro silencio. Carter tomó aire.

–Ahora ya lo sabes.

–Pero…

Él apoyó dos dedos en sus labios para hacerla callar. La caricia hizo que a Macy se le encogiese el estómago. Lo miró a los ojos.

–Pero, he cambiado de opinión. Tú me has hecho ver el valor que tiene esta casa. Así que, si todavía quieres, puedes arreglarla. He hablado hoy con mi contable y…

–¿De verdad? –preguntó ella, llena de felicidad–. ¿Puedo decorar la posada?

Él apartó los dedos de su boca y asintió.

–Gracias –dijo Macy, abrazándolo por el cuello y dándole un beso en los labios–. No te arrepentirás.

# *Capítulo Seis*

Carter ya estaba arrepentido.

Sujetó a Macy por la cintura. Miró sus labios y se le aceleró el pulso. Eran unos labios carnosos y suaves. Macy tenía los expresivos ojos violetas cerrados, pero Carter había visto la alegría en su rostro y le había sido imposible no sentirse igual que ella.

Se puso tenso y sintió deseo. Ella abrió los ojos y lo miró. Carter le mantuvo la mirada.

Inclinó la cabeza y le mordisqueó los labios. Macy gimió, pidiéndole más. Y Carter no pudo negárselo, profundizó el beso. Ella se dejó caer entre sus brazos como si quisiera quedarse allí para siempre, como si aquel fuese su lugar.

Él se estremeció. Sus brazos no eran el sitio de Macy, pero sus besos eran demasiado tentadores, su boca demasiado apetitosa, y su sabor demasiado bueno.

La abrazó más y siguió besándola.

Macy apoyó las manos en su pecho y luego las subió hasta su cuello. A él le gustó. Enterró los dedos en su pelo y le soltó la coleta. Su sedosa melena de rizos negros quedó libre.

Macy susurró su nombre entre beso y beso.

–Carter.

Él deseó hacerla suya en ese momento. Era consciente de que estaban en la única habitación de la posada que tenía una enorme y cómoda cama. La había invitado sin ningún compromiso y quería recordárselo. Se apartó de ella y la miró a los ojos.

–Yo...

Entonces vio algo por el rabillo del ojo, la camioneta de Henry, que se acercaba por el camino.

–Vaya. Viene Henry. Supongo que me estará buscando.

Se apartó de ella y Macy se estiró la ropa rápidamente, con nerviosismo, a pesar de que, en realidad, no había ocurrido nada.

–Bajaré a ver qué quiere.

Carter tomó su sombrero, se lo puso y miró a Macy antes de salir de la habitación. Era una suerte que Henry los hubiese interrumpido. O al menos intentó convencerse de ello.

Cuando salió de la casa, Henry estaba esperándolo sentado en su camioneta.

–¿Qué pasa? –le preguntó él.

–Creo que Belle va a parir. Me dijiste que querías estar allí.

–Sí, por supuesto. ¿Cómo está?

–Para ser la primera vez, muy bien. Tengo que volver a los establos.

–Iré a relevarte en un par de minutos.

Macy apareció en la puerta. Se había vuelto

a hacer la cola de caballo y llevaba puesto el sombrero. Henry se tocó el suyo para saludarla.

—Señorita Tarlington.

—Hola, Henry. ¿Ocurre algo?

—Nada. Una buena noticia.

Carter se giró hacia ella.

—¿Has visto alguna vez parir a una yegua?

—No.

—¿Quieres verlo?

—Me encantaría —respondió ella sonriendo de oreja a oreja.

—Muy bien, yo me voy delante. Nos veremos en el rancho —dijo Henry, arrancando.

Carter esperó a que la camioneta Ford desapareciese para girarse hacia Macy y mirarla a los ojos, que parecían un ramo de violetas. Bajó la vista a los labios, ligeramente henchidos por sus besos, y después se metió las manos en los bolsillos traseros de los pantalones vaqueros.

—Escucha, cuando te invité a venir al rancho, te dije que lo hacía sin ningún compromiso y te lo dije con toda sinceridad. No me debes nada, y no quiero que te sientas obligada...

—¿Piensas que te he besado porque sentía que te debía algo? Qué fuerte, Carter.

—¿Por qué estás enfadada? —le preguntó él, levantando la voz.

—No estoy enfadada —respondió Macy, hablando en tono todavía más alto que él.

—Entonces, ¿por qué me estás ladrando?

—No te estoy ladrando. Pero si piensas que te

he besado por un motivo diferente a que quería hacerlo es que no me conoces.

—Bueno, eso es cierto, no te conozco mucho.

—Y a este paso, no vas a hacerlo.

—Tal vez sea mejor así.

Lo último que necesitaba era complicarse la vida con Macy Tarlington.

—Además, he sido yo el que te ha besado —añadió.

—Solo quería darte las gracias, Carter —le advirtió ella—. Y si no te ha gustado mi beso, ¿por qué has reaccionado así?

Bajó la voz y la vista a su bragueta al preguntarle aquello.

Lo había puesto caliente, pero eso no era ningún delito y Carter no iba a disculparse por ello.

—No intentes analizar mi reacción. Eres una mujer muy bella y ha pasado algo entre nosotros hace un momento. Eso es todo —le dijo, calándose un poco más el sombrero—. Ahora, tengo que irme. Si quieres ver cómo pare Belle, sube al coche.

Él fue en dirección al todoterreno y se puso detrás del volante. Rocky lo siguió y se sentó a su lado en la parte delantera. El animal se giró a mirar a Macy y Carter casi deseó que no hubiese cambiado de opinión. Ella no tardó en seguirlos y sentarse en la parte de atrás.

\*\*\*

Ver parir a una yegua habría sido la cosa más fascinante que le habría ocurrido a Macy ese año si Carter no la hubiese besado. Porque aquello sí que entraba en su lista de las diez cosas más emocionantes que le habían pasado en toda su vida.

Pero no estaba buscando el amor, no creía en él, y sabía que Carter tampoco quería tener otra novia. Además, no podía olvidar que era el dueño del diamante maldito.

No obstante, Carter le hacía sentir cosas que hacía mucho tiempo que no sentía.

Se apoyó en la verja del corral. El aire era caliente y pegajoso, el sol se estaba poniendo en el horizonte. Hacía aproximadamente una hora que había nacido el potrillo y, al parecer, ambos animales estaban bien.

En esos momentos, Carter los estaba llevando a un corral vacío. El potro iba pegado a su madre y a Macy se le encogió el corazón al ver aquella imagen tan bonita. El potro mamó de Belle, que se quedó inmóvil. Ambos eran de color marrón oscuro y sus pieles brillaban bajo el sol.

Carter los dejó en el centro del corral y se acercó a apoyarse en la verja a su lado. Él estaba dentro, ella fuera.

–Es un buen potro, ¿verdad? –comentó sin mirarla, con la vista en los animales.

–Es increíble. Cuesta creer que ya sepa andar.

—Está en su naturaleza. Antes de que anochezca ya estará trotando y, por la mañana, podrá galopar.

—¿De verdad? ¿Con esas patas?

Carter sonrió.

—Ya lo verás.

—Sí —dijo Macy de buen humor.

La tensión se había relajado entre ambos desde que el potro había nacido.

Oyó bramar al ganado a lo lejos, un sonido que ya casi le resultaba familiar. Aquel era un rancho enorme, en el que ocurrían muchas cosas a la vez. El ambiente era húmedo e incómodo, y el testarudo hombre que tenía al lado era demasiado guapo, pero aun así Macy estaba tranquila, se sentía feliz. Se le llenaron los ojos de lágrimas e hizo un esfuerzo por contenerlas. No quería que Carter la viese llorar. Giró la cabeza y fingió mirar hacia donde salía la luna. En esos momentos, el cielo estaba bellísimo con la puesta de sol.

—¿Qué te pasa, Hollywood? —le preguntó él sin mirarla.

Tenía un sexto sentido para las cosas. Al parecer, veía cosas que ella no quería que viese.

—Se me ha metido algo en el ojo. Creo que una mota de polvo.

—No es polvo.

—¿Cómo lo sabes? —le preguntó Macy, girando la cabeza para mirarle de perfil.

Carter se encogió de hombros.

—Porque lo sé. Es por lo que ha ocurrido en la posada…

—No. Te aseguro que no —respondió ella con rotundidad, tal vez demasiada, porque él la miró por fin a los ojos—. Tal vez haya sido porque he presenciado… no sé… un milagro.

—De acuerdo —le dijo él en tono amable—. Solo quería estar seguro.

Se miraron a los ojos durante mucho tiempo. Y entonces Macy se dijo que tenía que cambiar de tema de conversación.

—Me gustaría empezar a trabajar en la posada mañana.

—Ya me lo había imaginado. Me aseguraré de que Henry cambie todas las cerraduras.

—Hasta ahora no estaba nunca cerrada con llave, al menos, desde que yo estoy aquí.

—No era necesario. Henry te dará las llaves por la mañana.

—Estupendo. Gracias.

—Tendremos que hablar de tu presupuesto.

—Me parece bien. He aprendido a vivir con un presupuesto limitado.

—Yo también, aunque si vamos a hacer esto, no quiero escatimar. Tendrás todo lo que necesites para hacer brillar la posada. Solo tengo una condición.

Carter la miró muy serio y a ella le sorprendió.

—Estoy conteniendo la respiración. ¿Qué es? ¿Quieres las paredes moradas, muebles retro o algo así?

–Muy graciosa. Voy a pedirte que utilices los comercios locales lo máximo posible.

–Ah.

–Los texanos nos ayudamos. Nos gusta darnos trabajo los unos a los otros.

–Eso dice mucho de ti.

–Lo sé –respondió él, sonriendo de manera encantadora–. Así soy yo.

No le fue fácil, pero Macy no se dejó embelesar.

–Por supuesto, contrataré a personas de la zona para hacer todos los trabajos.

–Bien.

Macy tenía el corazón acelerado y no pudo contenerse:

–Carter, no sabes lo emocionada que estoy con esto.

Él bajó la vista a sus labios.

–Ya me he dado cuenta.

Ella se ruborizó. No solía hacerlo, pero Carter conseguía hacer que sintiese cosas que no solía sentir.

Él miró a la yegua y a su potrillo.

–¿Qué te parece Medianoche?

–¿Medianoche? –repitió ella, tragando saliva–. ¿Para qué?

¿Quería proponerle que se viesen? Después del beso que se habían dado su mente fue directa a pensar mal. Entonces, lo entendió.

–Ah, ¿te refieres a ponerle Medianoche al potro?

Él sonrió.

—¿A qué iba a referirme si no?

Era un bromista, un rompecorazones y estaba como un tren.

—Me gusta Medianoche es… perfecto.

—Pues decidido.

Carter se tocó el sombrero y se alejó de la verja del corral para hacer entrar a los animales a los establos.

Cuando desapareció, Macy fue hacia la casa. Tenía que reformar una posada. Canalizaría toda su energía en ello y no volvería a pensar en Carter más de lo que fuese estrictamente necesario.


Dos noches después, Macy estaba sentada en una mesa del salón de la posada, repasando sus planes de decoración cuando llamaron a la puerta. Se había cerrado con llave, tal y como Carter le había dicho que hiciera. Se miró el reloj y se dio cuenta de que eran más de las siete. Se le había pasado el tiempo sin darse cuenta y se había olvidado de ir a cenar.

—¿Señorita Tarlington? ¿Está bien?

Reconoció la voz masculina. Guardó sus notas y muestras y fue a abrirle la puerta a Bill Fargo.

—Siento molestarla, señorita. Estoy haciendo mi ronda. Y, bueno…

—Deje que lo adivine. Tiene órdenes de comprobar que estoy bien.

–Solo hago mi trabajo…

–Estoy bien, pero no me había dado cuenta de lo tarde que es. ¿Puede entrar un minuto? Haré un descanso.

–Tengo unos minutos –respondió él entrando y quitándose el sombrero.

–Estoy trabajando en la reforma de la casa.

Bill Fargo la siguió hasta el salón.

–Por favor, siéntese –le dijo Macy.

Él asintió, tomó una de las cuatro sillas que había alrededor de la mesa y esperó a que ella tomase asiento para imitarla.

A Macy siempre le habían gustado esos detalles.

–Gracias –le dijo.

–De nada.

–¿Quiere un poco de té con hielo? Tengo un termo y un vaso limpio.

–Muchas gracias, la verdad es que tengo sed.

Macy sirvió té en dos tazas y le ofreció una.

–Entonces, sabe mi apellido.

Él asintió.

–Sí. Sé quién es.

–¿Se lo ha dicho Carter?

Bill negó con la cabeza.

–Carter me dijo su nombre, del resto me he dado cuenta yo. Soy un hombre errante, pero no un ermitaño. Podría decirse que me gustaba el trabajo de su madre. Era una buena actriz.

Macy había oído aquel cumplido mil veces.

–Era una madre maravillosa.

–Seguro que la echa de menos.

–Sí. La enfermedad coronaria que le quitó la vida fue muy rápida. Un día estaba sana y llena de vitalidad, y al siguiente estaba frágil y enferma, pero fue una suerte que no durase más. Es lo que me dice mi cabeza, aunque habría preferido poder tenerla más tiempo a mi lado.

–Es normal –dijo Bill bebiendo té y sonriéndole de manera sincera–. El señor McCay ha comentado que está en el rancho buscando intimidad. No quiero privarla de ella. Yo también soy una persona solitaria.

–Entonces, me comprenderá –respondió ella, sonriendo también–. Me gustaría que me diese su opinión. No consigo decidirme.

–Yo no sé nada de decoración, pero sé lo que me gusta y lo que no –respondió Bill.

Macy sacó las muestras de pintura.

–A mí me gusta el color piedra de montaña, que tiene un toque de lavanda. También me gusta el chocolate con leche y el azúcar moreno para las habitaciones del primer piso, pero no me decido. Me gustan todos.

Bill Fargo se tomó su tiempo en observarlos.

–¿Puede elegir más de uno?

–Podría. De hecho, estaba pensando en pintar cada habitación de un color y darles su propia personalidad.

–En ese caso, creo que ha elegido bien –dijo, tomando la muestra de salvia–. Este me recuerda a la cocina de la casa en la que crecí. Es cálido y agradable.

Macy sonrió.

–A mí también me lo parece. De hecho, es el que he escogido para la cocina –le dijo, apoyando los codos en la mesa e inclinando la cabeza hacia él–. ¿Dónde creció?

La pregunta hizo que Fargo se pusiese tenso y Macy se arrepintió de haberla hecho.

–Ah, en la Costa Este, pero he vivido por todo el país –respondió él–. No puedo decir que haya tenido una vida aburrida.

No llevaba alianza, pero Macy se preguntó si habría estado casado.

–La mía tampoco –comentó.

Fargo sonrió.

–Apuesto a que ambos tenemos muchas historias que contar.

–Me encantaría escuchar las suyas algún día.

Él se puso en pie.

–Tal vez algún día, pero ahora será mejor que vuelva al trabajo. ¿Quiere que la lleve a la casa?

Ella miró por la ventana.

–Está oscureciendo. Rocky suele acompañarme, pero hoy Mara lo ha llevado a vacunar. Así que, sí, encantada.

Macy recogió sus pertenencias y, por supuesto, las muestras de pintura. Con un poco de suerte, los pintores podrían empezar en el piso de arriba al día siguiente. No sabía cuánto tiempo se iba a quedar en el rancho, porque tenía una vida a la que volver, pero mientras estuviese allí haría todo lo que pudiese.

Más tarde, esa noche, Macy se sentó en la cama, cansada de dar vueltas. Se levantó y se puso la bata de seda. Se sentía asfixiada en su habitación, pero no era el lugar ni el calor lo que la inquietaban en realidad, sino su futuro.

Dejó a Rocky durmiendo como un tronco a los pies de la cama y envidió su capacidad para dormir profundamente. Menudo perro guardián. Cerró la puerta y anduvo descalza por el pasillo hasta que pisó algo y sintió un fuerte dolor.

—¡Ah! ¡Ah!

Su voz retumbó en el pasillo mientras ella se encogía y se agarraba el pie.

—¿Macy?

De repente, Carter estaba a su lado. Se arrodilló y buscó sus ojos. El pasillo ya no estaba a oscuras, salía luz del salón. Él tenía el pecho mojado e iba ataviado solo con una toalla alrededor de la cintura. Macy se quedó sin respiración y dejó de notar el dolor del pie. Lo miró.

—¿Te has hecho daño?

—He… pisado algo.

Carter alargó la mano y levantó un hueso roído de Rocky. Uno de los extremos terminaba en punta.

–Sí, has debido de hacerte daño con esto.

Macy clavó la vista en su pecho desnudo y musculoso.

–Deja que le eche un vistazo –añadió él, levantándole la pierna para examinarle el pie–. No te has hecho sangre.

–Mejor.

Se acercó más a ella y utilizó un dedo para limpiarle una gota de agua que tenía en la base de cuello. Macy sintió calor en la piel.

–No pretendía mojarte.

«Mójame todo lo que quieras», pensó ella, obligándose a mirarlo a los ojos.

–No pasa nada.

Todavía con una rodilla apoyada en el suelo, Carter la recorrió rápidamente con la mirada. Iba vestida con un camisón rosa que no le tapaba los muslos. Levantó la mirada y le miró el escote.

–Macy –le dijo–. ¿Adónde ibas?

–No… podía dormir. Iba a estirar las piernas. A beber agua, tal vez.

Por suerte, iba en dirección opuesta a su dormitorio, así que Carter no podía pensar que estaba desesperada.

–¿Y tú, qué estabas haciendo? –le preguntó ella.

–Tampoco podía dormir, así que me he dado un baño.

–Ya me lo imaginaba, supongo que llevarás bañador debajo de esa toalla, ¿no?

A él le brillaban los ojos.

—¿Y si te dijese que no?

Macy tragó saliva.

—Entonces, sabría que te gusta bañarte desnudo bajo la luz de la luna.

—No —respondió él, sonriendo con malicia—. Siento decepcionarte, pero no es divertido bañarse desnudo y solo. ¿Estás lista?

Ella abrió mucho los ojos.

—¿Para bañarme desnuda?

Carter le guiñó un ojo.

—Tal vez algún día, Hollywood. Quería decir que si puedes incorporarte ya.

—Ah —dijo Macy, sintiéndose como una tonta—. Sí. Creo que ya estoy bien.

Él le agarró la mano y la sujetó por la cintura.

—Con cuidado —dijo, ayudándola a incorporarse.

Macy sintió dolor al volver a apoyar el pie en el suelo.

—¡Ah!

—¿Estás bien?

Volvía a estar entre sus brazos. ¿Cómo iba a estar bien?

—Me duele un poco.

—Espera —le pidió Carter, tomándola en brazos.

Lo agarró por el cuello mientras la llevaba a su dormitorio. La dejó con cuidado en la cama y ella tardó en soltarse un segundo más de lo que era apropiado.

–Macy –le advirtió él, sin terminar de levantarse de la cama, con ella tumbada debajo.

Carter dudó, miró sus labios y ella contuvo la respiración. Vio algo en sus ojos y el deseo aumentó. ¿Qué le pasaba? Quería hacer el amor con un hombre al que solo conocía desde hacía un par de días.

Carter parpadeó y respiró hondo antes de acercar sus labios a los de ella. A Macy le encantó que volviese a besarla. Se le aceleró el corazón, pero el beso duró solo unos segundos.

–Descansa, Macy –le dijo él, incorporándose–. Hasta mañana.

Ella esperó a que saliese de la habitación y cerrase la puerta antes de dejar caer la cabeza sobre la almohada de plumas. Le dolía el pie, tenía el ego herido y lo único que podía hacer para dormir esa noche era contar ovejas.

–Sí, claro, como que te vas a dormir –murmuró.

# Capítulo Siete

Los pintores estuvieron tres días trabajando y a Macy le gustó cómo estaba quedando el interior de la casa. Era increíble lo mucho que había cambiado con una mano de pintura. Los colores que había escogido eran suaves, pero con el carácter suficiente para darle encanto y un toque hogareño a la casa. Era como dar los primeros brochazos a un cuadro.

También había varios trabajadores haciendo reparaciones y ella estaba orgullosa de todo lo que había conseguido en tan poco tiempo. Solo llevaba semana y media en el rancho y ya lo tenía todo bajo control.

—¿Te gusta, Rock? —le preguntó a su compañero.

Ambos estaban delante de la posada.

Este miró la casa y ladró. Macy tenía la sensación de que la entendía casi siempre.

—Sí, yo también pienso que está quedando todo estupendo.

Un equipo de jardineros estaba trabajando en el exterior. Macy les había pedido que plantasen rosas blancas a lo largo del camino que llevaba a la casa.

Los albañiles ya habían colocado el adoquinado en varias partes del jardín.

La cosa avanzaba deprisa.

Si no tenía cuidado, terminaría su trabajo antes de estar preparada para volver a Hollywood. Estaba prácticamente arruinada y pensó en todas las cosas a las que tendría que enfrentarse cuando volviese: a vivir sin su madre y sin un plan, a los paparazzi. No le apetecía nada aquello, sobre todo, teniendo en cuenta lo cómoda que estaba en el rancho.

Fue hacia el viejo cenador. Se le alegraba el corazón cada vez que lo miraba. Su eterno optimismo hacía que lo viese restaurado, con su elegancia del pasado. Y, dado que estaba esperanzada, se lo imaginaba como teatro para el verano, con ella en el escenario.

Bill Fargo se acercó. Había ido a verla todas las tardes desde aquella en la que habían compartido un vaso de té con hielo.

—¿Hacemos un descanso, Bill? —le preguntó.

—Sí.

—He traído unas galletas de limón de Mara.

—Ya me está rugiendo el estómago solo de pensarlo.

Macy sacó la nevera de la casa y, en esa ocasión, se sentaron en las escaleras del cenador. Rocky se acurrucó contra la rodilla de Bill y este acarició al perro. A Rocky le gustaba Bill, y a Macy también, a pesar de que no sabía mucho de él.

–¿Te he contado cuando conocí a la mujer de mis sueños y le dije sin más, la primera noche, que estábamos hechos el uno para el otro?

Ella negó con la cabeza, sonriendo. Bill era especialista en contar historias.

–No, pero suena muy romántico.

–Lo fue. No nos conocíamos. La vi riendo con un grupo de amigos míos, me acerqué y me la presentaron. Era 1972 y yo acababa de terminar la universidad. Tenía una risa maravillosa. Nada más verla, supe que me iba a casar con ella. Se lo dije esa noche y ella pensó que estaba loco –empezó, quedándose pensativo y en silencio, como si estuviese recordando aquel momento.

Las experiencias amorosas que Macy había tenido hasta ese momento no tenían nada que ver con aquello. Era probable que no hubiese estado enamorada de verdad.

–¿Y cómo lo supiste? Quiero decir que ¿cómo pudiste estar seguro?

Pero él no pudo contestarle porque Carter apareció en su todoterreno en ese momento. Rocky salió corriendo hacia él y el vaquero se agachó a acariciarlo. Luego se acercó a ellos. A Macy se le aceleró el corazón nada más verlo.

–Hola –los saludó Carter.

Ellos lo saludaron y Carter se sentó a la derecha de Macy.

–He pasado a ver cómo progresan las obras.

–Todo va muy bien –le dijo Macy.

—Macy está haciendo un buen trabajo —comentó Bill.

Carter asintió y luego miró la nevera, que estaba abierta.

—¿Esas galletas son para alguien en particular?

—Las ha hecho Mara. ¿Quieres una?

Carter sonrió.

—Por supuesto.

Macy se la dio.

—Las habitaciones están pintadas, y creo que te va a gustar cómo han quedado.

—Bien —respondió él, aunque no parecía interesarle el tema—. ¿Estás contenta con los hermanos McManus?

—Sí. Son muy buenos pintores. Gracias por la recomendación.

—Casi todo el mundo trabaja bien en el pueblo. Necesitan el trabajo. Es comida y ropa para sus hijos. Todos se enorgullecen de su trabajo.

Después de pasar unos minutos charlando, Bill se levantó, le dio las gracias a Macy por las galletas y dijo que tenía que volver al trabajo.

Carter mordió por fin su galleta y el rostro se le iluminó.

—Están mejor de lo que recordaba —comentó, terminando una y tomando otra—. ¿Vas a venir a cenar esta noche?

—Bueno…

Macy se apartó los rizos de la frente para hacer tiempo para pensar. Había estado manteniendo las distancias con Carter a propósito porque se sentía humillada después de haberle demostrado tan claramente la atracción que sentía por él. Además, estaba un poco enfadada porque sabía que no le interesaba. Carter se lo había dejado muy claro.

—¿Por qué me lo preguntas?

Él se encogió de hombros.

—Me apetece comer costillas a la barbacoa y he pensado que a lo mejor te gustaba probarlas. Hay un sitio a las afueras del pueblo que las hace deliciosas.

—Claro, me encantará ir —respondió Macy, que solo había salido del rancho para ir a comprarse ropa y alguna cosa más—, pero necesito una hora para ducharme y cambiarme de ropa.

Carter asintió.

—Supongo que querrás disfrazarte un poco. El Bear Pit siempre está lleno.

—No te preocupes. Tengo el mejor disfraz del mundo y lo voy a utilizar esta noche.


Carter se había duchado y vestido en veinte minutos y pasó el resto del tiempo esperando a Macy en su despacho. Se miró el reloj al oír protestar su estómago. Macy estaba tardando más de una hora y él no era especialmente paciente, sobre todo, cuando tenía hambre.

Carter pensó en su amigo Roark Black y se preguntó en qué lío estaría metido. No había recibido ningún otro mensaje suyo, así que el día anterior le había enviado él uno contándole que había visto a Ann Richardson.

Oyó voces en la entrada y se puso en pie.

–Por fin.

Salió del despacho pensando en las costillas que ya casi podía saborear y al llegar a la puerta del salón, se quedó de piedra.

Había una mujer vestida con una camisa estampada, falda marrón y botas altas de piel, hablando con su primo Brady. La mujer estaba de espaldas, pero su pelo, moreno y liso, le llegaba a media espalda. Su primo y ella estaban riendo y Carter se quedó pensativo antes de interrumpir la conversación.

¿Qué hacía Brady allí?

Su primo no lo había visto llegar, toda su atención era para la mujer.

Entonces, Carter se dio cuenta de que no era una mujer cualquiera, era Macy. Y parecía estar divirtiéndose mucho con Brady. Este, por su parte, parecía disfrutar de su atención, demasiado.

A Carter se le encogió el estómago. Entonces, Macy se giró hacia él.

–Ah, aquí está Carter –dijo.

Él parpadeó y sacudió la cabeza. La transformación era increíble. Macy parecía otra mujer con el pelo liso. También se había hecho algo en la cara, con el maquillaje.

Brady le sonrió y Carter sintió celos muy a su

pesar. No podía olvidar el motivo por el que Jocelyn lo había rechazado. Y en esos momentos, al ver a Brady y a Macy sonriendo juntos, sintió que se le rompía el corazón.

No era posible.

No sentía nada por Macy.

Aunque habría mentido si dijese que no había atracción entre ambos.

—Brady, ¿qué estás haciendo aquí?

Macy abrió mucho los ojos, sorprendida, al oírlo hablar tan bruscamente.

—Iba al pueblo y he pasado a conocer a tu invitada. Como ves, ya la he conocido.

—Sí, ya lo veo —respondió él, entrando en el salón—. Casi no te reconozco, Macy.

Ella se tocó el pelo.

—Es mi arma secreta. No me lo aliso mucho porque la gente se daría cuenta, pero este me ha parecido el momento perfecto.

Buscó en su bolso las gafas de sol y se las puso.

—Desde luego, Macy, eres un as.

—Eso dicen —respondió ella riendo.

Carter apretó los labios.

—Venga, Carter. Tienes que admitir que nadie me reconocerá —le dijo ella.

Él se acercó más y la agarró del brazo con cuidado.

—Estoy muerto de hambre. ¿Nos vamos? ¿O le falta algo a tu disfraz?

—No, nada. Podemos irnos.

–Pasadlo bien –les dijo Brady mientras todos salían de la casa.

Carter se maldijo en silencio por haberse portado así con su primo, pero no había podido evitarlo. No le había gustado nada verlo con Macy.

–Es agradable –comentó esta refiriéndose a Brady de camino al Bear Pit.

–A veces –respondió Carter, que no quería hablar de las virtudes de su primo–. No puedo creer que seas la misma de siempre. Pareces una princesa india o algo así.

–Es el maquillaje. Es lo que utilizan los actores. Mi único problema son los ojos.

Carter no pudo evitar admirarlos.

–No tienen nada de malo. Nunca había visto unos ojos tan violetas.

–Ese es el problema, que pueden delatarme.

–Con las gafas de sol puestas, no se te ven, son muy oscuras.

–Sí. Estoy deseando probar esas costillas –dijo ella, frotándose el vientre.

Carter se fijó en la ropa, con ella, Macy encajaría a la perfección en el Bear Pit.

Y eso le hizo inmensamente feliz.


A Macy le encantó el sitio. Le encantó el grupo de música que había tocando y disfrutó con las costillas, olvidándose de las normas de protocolo y de su feminidad.

—Están deliciosas. Tenías razón –le dijo a Carter–. Estoy tan llena, que no podría...

Entonces llegó la camarera con un trozo de tarta de chocolate de siete pisos.

—La especialidad del Bear, como me has pedido, Carter.

Macy nunca había visto un trozo de tarta tan grande.

Carter sonrió a la camarera y le guiñó un ojo.

—Gracias, Jody.

La rubia tenía la mirada clavada en él, como si Macy no estuviese allí. En circunstancias normales, se habría alegrado de pasar desapercibida, pero en ese momento se sintió casi insultada.

—Hacía mucho tiempo que no venías –añadió la camarera.

—Demasiado –respondió Carter–, pero no volverá a ocurrir.

—Eso espero –dijo ella, mirando por fin a Macy–. A esta no le importa mancharse las manos. Ni la ropa. Me gusta.

Carter se echó a reír y la camarera se alejó a paso lento.

—¿Qué? –preguntó Macy, a la que no le gustó ser el motivo de sus risas.

Carter no respondió, pero le miró un instante a la altura del pecho y ella inclinó la cabeza.

—¡Oh, no! –exclamó, al ver que tenía una enorme mancha de salsa barbacoa en la blusa, justo entre los pechos.

—Ponte recta —le dijo Carter, humedeciendo una servilleta e inclinándose hacia delante para limpiársela.

Ella aspiró su *aftershave* y notó que se le ponía la piel de gallina. Respiró hondo, lo que hizo que se le hinchase el pecho. Carter la miró con deseo. Tragó saliva. Y se quedaron mirándose unos segundos.

—No consigo quitarla del todo —le dijo él.

—¿No será que no lo estás intentando? —susurró Macy.

Él bajó la vista a sus pechos.

—No te preocupes por mí.

—Ni tú por mí tampoco —le respondió ella.

Empezó a sonar una balada y Carter se puso en pie y le tendió la mano.

—¿Bailas conmigo?

Ella pensó que iba hecha un desastre, pero eso no era suficiente para dejar de bailar con Carter McCay. Le dio la mano y lo siguió hacia la pista, donde él la agarró por la cintura y ella se aferró a su cuello.

Empezaron a moverse despacio, al ritmo suave de la música, acompañados por otras diez parejas.

—Me gusta esta canción —le susurró Carter al oído.

Ella apoyó la cabeza en su pecho.

—Umm. Creo que también es mi favorita.

No era mentira. Iba a serlo a partir de ese momento.

–La verdad, Hollywood –añadió Carter con voz ronca–, es que no suelo bailar mucho.

–Pues lo estás haciendo bien.

–Tal vez solo quería abrazarte.

–No me quejo.

–Es tan fácil estar contigo.

–Puedo llegar a ser insoportable.

Él se echó a reír.

–Prefiero no decir nada al respecto.

–Mejor. ¿Qué quería decir esa camarera con eso de que a esta no le importa mancharse?

–Jody es un poco bocazas. No es importante.

Macy retrocedió un poco para mirarlo a los ojos.

–Me gustaría saberlo. Me he sentido insultada.

–Confía en mí, no quería decir nada. Jody es así.

–¿No me lo vas a contar?

Él hizo una mueca.

–¿Así es como eres… cuando eres insoportable?

–Todavía no has visto nada.

Carter sonrió y Macy vio sus hoyuelos. Aquella sí que era un arma secreta, lo supiese él o no.

La vio hacer un puchero. Macy no podía evitar sentir curiosidad.

–Se refería a Jocelyn –le contó él por fin–.

No le gustaba venir aquí. La última vez que estuvimos, se quejó de la comida y del servicio y montó un escándalo.

–Vaya. Siento haberlo preguntado –respondió ella.

Él la abrazó con más fuerza.

–No quiero hablar de ella –le dijo.

–De acuerdo.

–De hecho, prefiero no hablar de nada –añadió Carter.

Macy estaba de acuerdo. Se estaba derritiendo entre sus brazos.

Carter le levantó la barbilla con un dedo, la miró a los ojos y la calló de verdad con un apasionado beso.

Cuando la canción terminó, Macy miró a su alrededor avergonzada, pero nadie parecía haberse dado cuenta de su beso.

Carter le tomó la mano cuando empezó a sonar otra canción y la guio hacia la mesa. No se sentaron, se quedaron de pie mirando el trozo de tarta que había en el centro.

–¿Quieres tarta?

–No, gracias. Ya he tenido mi postre –respondió ella, mirándole a los labios.

Él se quedó sorprendido con la respuesta.

–Pero si quieres, puedes comerla tú –añadió Macy.

Carter recogió su sombrero y la miró a los ojos.

–No es tarta lo que me apetece ahora mismo.

Macy tomó aire, nerviosa, y le preguntó en voz baja:

–¿Y qué es lo que quieres?

Él apretó la mandíbula y se pasó la mano por el pelo. Macy se había dado cuenta de que hacía eso cuando estaba intentado tomar una decisión. Entonces tiró el sombrero al banco y se sentó.

–Pensándolo mejor, voy a tomar un poco de tarta –dijo, haciéndole un gesto a Macy para que se sentase también–. Venga, pruébala. Seguro que no has comido nada igual en tu vida.

Decepcionada, Macy se sentó. No podía presionar a Carter. Este necesitaba espacio y libertad. La había besado apasionadamente, pero ella suponía que lo había hecho más para olvidarse de Jocelyn que porque la desease de verdad.

Eso le dolió. Carter era un hombre increíble y cada vez lo deseaba más, pero no podían tener una relación seria.

–Está bien. La probaré.

Él se echó a reír y le acercó el plato de tarta.

–Es un pecado.

–Umm… tienes razón. Un pecado texano –respondió ella después de probarla.

Carter se cruzó de brazos y sonrió con satisfacción.

–Es verdad.

La tenía, pero Macy no se refería a la tarta de chocolate.

Después de la noche anterior con Carter, Macy estaba cargada de energía. Sabía que lo mejor era que él hubiese dado marcha atrás, aunque su corazón no estuviese de acuerdo. Así que ese día se concentró en trabajar en la posada y solo pensó en él una vez cada hora, más o menos.

–Eres patética –se dijo a sí misma, subiendo al primer piso.

Se asomó al dormitorio que iba a decorar el primero. Necesitaba muebles, un armario y un cabecero, como poco. Había mirado varios catálogos, pero no le había gustado nada. Quería algo especial y auténtico, alguna antigüedad de la zona.

La habitación se oscureció y ella miró por la ventana. Unas amenazadoras nubes grises estaban empezando a llenar el cielo. El aire era más fresco. Se cruzó de brazos y notó un escalofrío.

–Será mejor que recoja –dijo.

Le habían dicho que las tormentas en Texas avanzaban con mucha rapidez.

Rocky, el muy traidor, ya se había marchado y el descanso con Bill Fargo ya había tenido lugar, este le había hablado de su niñez mientras comían galletitas saladas y queso.

Un trueno la sobresaltó.

–¡Ah!

Vio un relámpago y la posada se quedó sin electricidad.

Macy se quedó sola en la oscuridad. Volvió a sentir un escalofrío e intentó salir de la habitación, chocando con el marco de la puerta.

–¡Ay!

Se frotó el hombro e intentó recoger sus cosas mientras sus ojos se adaptaban a la oscuridad.

Entonces oyó un ruido en el piso de abajo y se quedó inmóvil. Oyó romperse un cristal. Y otro.

Estaba lloviendo y hacía viento, pero no el suficiente para romper una ventana.

Había alguien allí, intentando entrar.

Macy se quedó paralizada por el miedo, indefensa.

Aquello no estaba ocurriendo, no podía ser.

Oyó jurar a un hombre. Era evidente que había alguien abajo.

Macy se puso a temblar, no pudo evitarlo, pero supo que tenía que hacer algo. Entró de nuevo en la habitación y cerró la puerta con cuidado, se apoyó en ella.

Oyó pasos en las escaleras y su miedo aumentó. Contuvo la respiración. ¿Qué podía hacer? No tenía ningún arma.

–¿Macy? Macy, ¿estás ahí arriba?

–¡Carter! ¡Santo cielo, Carter!

Vio un haz de luz bajo la puerta y entonces

esta se abrió y apareció él. Parecía preocupado y, nada más verla, dejó caer la linterna al suelo y la abrazó.

—Macy, cariño, ¿estás bien?

Ella seguía temblando incontrolablemente.

—No… no lo sé.

—No pasa nada. No pasa nada —la tranquilizó él, besándola en la frente, en el pelo—. Estoy aquí. Nadie va a hacerte daño.

Ella se puso a llorar. No podía dejar de temblar.

—Tenía tanto miedo.

—Lo sé, lo sé —le dijo él en voz baja—. Tranquilízate, cariño.

Carter se dio cuenta de que Macy estaba sujetando algo con fuerza y se lo quitó de la mano para acercarlo a la luz.

—¿Un candelabro? —preguntó—. Menos mal que no lo has utilizado para defenderte de mí.

Macy no podía reír. No podía sonreír. Había cogido el alto candelabro de bronce presa del pánico, en el último momento.

—No me sueltes, Carter.

Él la besó detrás de la oreja y le murmuró:

—No te iba a soltar.

—¿Qué ha pasado ahí afuera? —le preguntó ella—. ¿Sabe alguien que estoy aquí?

—No, no es eso, confía en mí.

—¿Cómo lo sabes?

—Lo he visto salir corriendo. He debido de asustarlo al llegar en el todoterreno.

–Lo he oído jurar. Parecía… un hombre mayor –le contó Macy.

Carter buscó sus ojos con la mirada y asintió.

–No te estaba buscando a ti, Macy. No te preocupes. Seguro que solo quería cobijarse de la lluvia. Fargo y Henry lo están buscando. Creo que sé quién es.

–¿No deberíamos llamar a la policía o al sheriff o a alguien?

Carter negó con la cabeza.

–Esta noche, no. Yo me ocuparé de ello por la mañana.

Carter pasó las manos por su cuerpo y Macy pensó en lo bien que la hacía sentirse. Entre sus brazos, podía olvidarse del miedo y concentrarse solo en él.

–No tienes ni idea de cuánto te deseo en estos momentos –murmuró Carter.

Ella se puso a temblar de nuevo.

–Y yo a ti.

A Carter se le oscureció la mirada y levantó la mano para soltarle el pelo. Ella dejó de temblar y pensó que no podía desearlo más. Lo necesitaba más que respirar.

Se apartó de él un instante y Carter siguió sus movimientos con interés. Macy se desató la camiseta, que iba anudada al cuello, y dejó que la tela cayese. Sus pechos quedaron desnudos y el aire húmedo los golpeó, pero la mirada de Carter era suficientemente cálida como para calentar toda la casa. Macy se sintió apreciada, bella. Tomó su mano y se la llevó a los labios. Se la besó y se acercó más a él. Carter no necesitó más.

Tomó su pecho con la mano y la miró mientras le acariciaba el pezón endurecido. Ella cerró los ojos. Era maravilloso.

Entonces, Carter bajó la boca al otro pecho y Macy suspiró. Le humedeció el pezón y se lo acarició con la lengua hasta hacerla arder de deseo. Luego, subió por su escote hasta llegar a los labios.

—Hazme tuya, Carter —le rogó Macy casi sin aliento.

—Eso tenía pensado, cariño —murmuró él.

Macy no podía esperar más, empezó a desabrocharle la camisa. Él la ayudó. Por fin pudo acariciar su pecho fuerte. Era perfecto.

—Vaya… —susurró Macy.

—Espera un poco antes de decir eso —comentó él riendo.

Luego buscó la cremallera de sus vaqueros y la desnudó. Sin la barrera de los pantalones y las braguitas se apretó contra su cuerpo y metió la mano entre sus muslos. Macy se estremeció de placer y lo besó en el pecho para darle también placer, pero el que Carter le estaba procurando a ella era mucho más intenso.

Macy cerró los ojos y se dejó llevar.

—Venga, cariño —le susurró él contra los labios sin dejar de acariciarla.

Ella empezó a sacudirse por dentro y Carter esperó a que explotase de placer entre sus brazos.

Tardó un minuto en bajar del paraíso. Se sintió mucho mejor. Nunca había estado tan feliz.

Carter la besó en la mejilla y le dijo al oído.

–Ahora ya puedes decirlo.

Ella sonrió y dijo mientras suspiraba:

–Vaya…

Él sonrió y la tomó en brazos para dirigirse hacia la cama nueva, que había llegado el día anterior.

–Ha llegado el momento de estrenarla.

La tumbó con cuidado y le recorrió el cuerpo lentamente con la mirada.

–Eres… preciosa.

Macy sonrió. Se sentía preciosa.

–Qué vas a decir. Estoy desnuda.

–Es la verdad –respondió él en voz baja, muy serio.

Y ella lo creyó.

Estaba preparada para un segundo asalto. Y hasta diez. Si eran con Carter, no se arrepentiría. Lo deseaba y quería darle el mismo placer que él acababa de provocarle a ella.

–Quítate la ropa, McCay.

–Encantado.

Macy había notado su erección a través de la ropa cuando la había abrazado, pero no estaba preparada para verlo desnudo y excitado.

Se le secó la boca al verlo acercándose a ella de rodillas y alargó la mano para acariciarlo.

—¿Puedo? —preguntó, a pesar de saber cuál sería la respuesta.

—Cariño, puedes acariciarme donde quieras. Cuando quieras.

—Me alegra saberlo —le dijo ella, deslizando la mano de arriba abajo y notando cómo se ponía todavía más duro.

Vio cómo cambiaba la expresión de Carter, vio el deseo en su mirada y siguió acariciándolo. Aquello era surrealista. Un par de semanas antes jamás habría imaginado que iba a estar haciendo el amor con un fuerte y guapo vaquero.

Empezó a acelerar el movimiento de la mano. Carter cerró los ojos. Macy estaba excitada de verlo excitado y quería tenerlo dentro.

Carter gimió y le agarró la mano para que parase. Y ella supo que estaba muy cerca.

—He traído protección —le dijo él, buscando en sus pantalones vaqueros.

Era una suerte, porque Macy no había pensado en ello.

Carter se puso el preservativo, se tumbó encima de ella mientras la miraba a los ojos y le dijo:

—Vuelve a abrirte para mí, cariño.

—Hace mucho tiempo que no…

—No te haré daño.

Macy estaba segura. No era eso lo que había

querido decirle, sino que había perdido la práctica.

Él la tranquilizó con un beso y la penetró con cuidado, de un solo empellón.

Luego le hizo el amor como si toda su intención fuese darle placer.

Sus cuerpos se movieron a la vez, perfectamente sincronizados.

Él empezó a acelerar los movimientos y Macy lo siguió. Carter llegó al clímax enseguida y ella estaba al borde del abismo. Lo vio arquearse y sintió que la empujaba una vez más y llegó al orgasmo también. La habitación se llenó de gemidos de intensa satisfacción.

Carter la besó mientras intentaba recuperar la respiración y ella enterró los dedos en su pelo. Esa noche, era su sexy vaquero.

Que había vuelto a rescatarla.

Se quedaron en silencio unos minutos. Macy no supo qué decirle. No supo cómo iba a cambiar aquello su relación, si es que iba a cambiarla.

—Vaya… —dijo Carter.

Y Macy se preguntó si se estaría burlando de ella.

—Estoy de acuerdo. Supongo que el miedo a morir es bastante afrodisiaco.

Carter se apoyó en los codos y la miró a los ojos.

—Jamás permitiría que te ocurriese nada.

—¿Cómo sabías que estaba en peligro? —le

preguntó ella en voz baja, acariciándole el pelo.

—La verdad es que venía a recogerte para ir a casa a cenar.

Eso la sorprendió.

—¿Por qué?

—Porque se estaba haciendo tarde.

—No habría sido la primera vez que me perdiese la cena.

—Sí, es verdad, pero eso va a cambiar a partir de ahora.

Carter la besó y ella entendió la indirecta.

Carter había tomado una decisión y no había más que hablar.

# *Capítulo Ocho*

El sol del amanecer calentó el aire y empezó a secar la tierra. Carter entrecerró los ojos y se caló un poco más el sombrero. Se había levantado tan temprano como siempre, pero en vez de ir a su despacho, como solía, había salido a aclararse un poco la cabeza. La lluvia de la noche anterior había refrescado el ambiente y respiró hondo.

Siempre le había gustado aquella hora de la mañana, justo después del amanecer, cuando todo estaba tranquilo. Habría podido pasarse horas observando al potro recién nacido y a su madre.

Había pasado mucho tiempo desde su propia niñez, en la otra punta del pueblo, sin su madre y con el olor a whisky contaminando el ambiente. En esos momentos tenía una buena vida.

Debía sentirse satisfecho, pero el hecho de que alguien hubiese intentado entrar en la posada la noche anterior lo ponía de mal humor. Tenía que controlar su ira por el bien de Macy.

Esta había estado realmente asustada la noche anterior y era normal. Él la había invitado a su rancho, le había prometido que allí estaría segura, y no había podido cumplir su promesa.

—Eh, McCay. ¿Quieres un café?

Carter sonrió y se giró para ver a Macy saliendo de la casa, con dos tazas humeantes en las manos. Llevaba el pelo suelto y despeinado. Sus ojos, sin maquillaje, brillaban bajo la luz del sol. Iba con un sencillo vestido azul y rojo y botas de piel. Carter sonrió al pensar que estaba guapa y que encajaba demasiado bien allí.

El corazón le dio un vuelco al verla acercarse y se dijo que era solo deseo. La noche anterior habían hecho el amor dos veces antes de volver a casa. Una vez allí, él la había llevado a su habitación y Macy había dormido toda la noche a su lado. Carter había querido que se sintiese segura, pero eso no era todo. Había empezado a sentir algo por ella y quería seguir teniéndola en su cama mientras estuviese en el rancho.

—Claro, nunca se le rechaza un café a una mujer bonita.

Ella sonrió, se sentó a su lado y le dio una taza.

—Te has levantado pronto.

—Iba a volver ahora a la cama.

—¿Quieres que vuelva dentro? —le preguntó ella en voz baja—. No quiero decepcionarte.

—Dudo que pudieras hacerlo.

Carter la abrazó por la cintura y la acercó más a él, le mordisqueó el cuello y volvió a probar su dulce piel una vez más. Luego miró hacia el jardín. Sus hombres todavía no habían empezado a trabajar, así que la besó apasionadamente en los labios.

Ella gimió de manera sensual, recordándole la pasión que habían compartido en la posada, y Carter juró entre dientes. Volvía a desearla.

La noche anterior se había preocupado más por ella que por atrapar al intruso. Después, no había podido dejarla marchar. Había cedido ante el deseo. Macy le había intrigado desde el momento en que la había visto en Nueva York y la noche anterior había sido el culmen de la tentación y del deseo salvaje.

La yegua gimoteó y ambos miraron a los caballos.

Carter dio un trago a su café.

—Mira el potro.

Estaba paseando por el corral e imitando a su madre.

—Es increíble —comentó ella maravillada.

—¿Has dormido bien? —le preguntó Carter.

Macy asintió.

—Gracias a ti. No suelo ser tan floja, pero anoche estaba asustada.

A Carter se le encogió el estómago y juró en silencio.

—Me aseguraré de que no vuelva a ocurrir.

—¿Cómo? —le preguntó ella.

—Estoy casi seguro de saber quién intentó entrar en la posada anoche —le respondió él con la mirada fija en los animales–. Fue mi padre.

–¿Tu padre? No puede ser, Carter.

Él apretó los dientes.

–Me temo que sí. Piensa que tiene que vigilarla aunque le prohibí que se acercase a ella después de lo ocurrido la última vez. Seguro que estaba borracho. Estoy furioso con él por haberte asustado.

La expresión de Macy se dulcificó. Su mirada se volvió comprensiva.

–Lo siento mucho.

–No tienes nada que sentir. Era de esperar. No va a cambiar nunca.

–No digas eso.

–Después de lo que hizo anoche, no quiero volver a saber nada de él –continuó Carter.

Macy hizo un puchero.

–Me rompe el corazón oírte hablar así. Tu padre te necesita.

–¿Quieres que lo ayude? –preguntó Carter sacudiendo la cabeza–. De eso nada. No se lo merece.

Macy dejó su taza de café sobre un poste y se giró hacia él.

–Todo el mundo se merece otra oportunidad –insistió.

–Esa frase le gustaba mucho a mi padre –le contestó Carter, bebiéndose el café demasiado deprisa y quemándose la garganta–. Maldita sea.

–Carter, no puedes perder la esperanza.

–Claro que sí, ya lo he hecho. Aunque no creas que no he intentado ayudarlo, lo he hecho durante años, pero es imposible.

Macy miró hacia el corral. Fingió observar a los caballos, pero lo que estaba haciendo era reflexionar.

–Tal vez si alguien hubiese hecho entrar en razón a mi padre, hoy estaría vivo –dijo después en voz baja.

Carter estudió su perfil. Era evidente que Macy seguía dolida por la muerte de su padre. Tal vez se sintiese culpable por no haber intervenido. Pero su situación era diferente.

–No sabes todo lo que ha pasado. Y no voy a contártelo para aplacar tu culpabilidad, Macy. Déjalo estar.

Ella se giró y lo desafió con la mirada.

–No estoy intentando aplacar mi culpabilidad. No fue culpa mía. ¡Y eres un testarudo!

Carter mantuvo la vista clavada en ella. No iba a permitir que se inmiscuyese en aquello. Había perdido la paciencia.

–Te estoy diciendo cómo son las cosas –le dijo, levantando la voz–. No es asunto tuyo.

–¿Me estás diciendo que no me meta donde no me llaman?

–Enhorabuena, por fin lo has entendido.

Ella lo miró fijamente, luego le quitó la taza de la mano, tomó la suya y se dio media vuelta. Volvió hacia la casa con la cabeza bien alta, como si tuviese razón y él fuese el tonto que no se daba cuenta.

Carter se maldijo. Acababan de tener su primera pelea y había sido acerca de su padre. Desde luego, no era la mejor manera de empezar la mañana.

Bill Fargo era un hombre sensato, limpio y noble, la clase de hombre que a Carter le hubiese gustado tener de padre. Aunque seguía sin entender que quisiese trabajar en el rancho por un sueldo tan modesto, cuando era evidente que podía tener un trabajo mucho más lucrativo. En cualquier caso, él estaba encantado de tenerlo allí.

—He venido temprano para explicarte lo que ocurrió anoche —le dijo Fargo nada más entrar en su despacho.

—Ya lo hablamos por teléfono. Para mí, es suficiente —respondió Carter, apoyándose en el borde del escritorio y ofreciéndole asiento a Fargo, que prefirió quedarse también de pie.

—Lo sé, pero me gustaría contártelo en persona.

—De acuerdo.

Fargo arqueó las cejas.

—Había ido a ver cómo estaba Macy diez minutos antes de que empezase a llover. Y acababa de pasar por el claro que hay en la otra punta de la propiedad cuando la lluvia arreció. En ese momento, di la vuelta para ir a buscarla y traerla a la casa.

–¿Viste al intruso?

–No. Cuando llegué allí vi que había una ventana rota y entonces llegaste tú. Creo que los dos lo vimos a la vez. Salió corriendo entre los matorrales. Tú me pediste que lo siguiera mientras ibas a ver cómo estaba Macy. Busqué durante una hora, pero no lo encontré. Me pareció que era un hombre más o menos de mi edad. Anoche me dijiste que creías saber de quién se trataba.

Carter se puso tenso.

–Sí, por desgracia, lo sé. Era mi padre, Riley McCay. Es una vieja historia que no tengo ganas de contarte, pero no volverá a molestar a Macy ni a acercarse a la posada. He ido a verlo y he hablado con él. Sabe que si vuelve a entrar en mi propiedad haré que lo metan en la cárcel.

Fargo frunció el ceño y su expresión se volvió pensativa.

–Tuviste una niñez difícil.

El comentario sorprendió a Carter.

–¿Piensas que soy un amargado?

Fargo negó con la cabeza.

–En absoluto. La verdad es la verdad, y no siempre es bonita. Yo también he tenido muchas experiencias malas y te diré que nadie puede juzgarte, porque nadie sabe por lo que has pasado. Y apuesto a que, con tu padre, te has comportado como un adulto desde que eras niño.

Carter sonrió. El viejo Fargo sabía mucho.

—Ya sabes el dicho, lo que no te mata te hace más fuerte.

—Y tú te hiciste fuerte muy rápidamente, diría yo.

Carter suspiró.

—No lo suficiente.

Fargo asintió, como si lo comprendiese.

—Macy piensa que soy demasiado duro con él —confesó Carter, sintiendo que podía confiar en Fargo.

—¿Y lo que Macy piense te importa?

Carter se quedó pensativo un instante. No estaba seguro de saber adónde quería ir a parar Fargo, pero sabía que, después de haber hecho el amor con Macy, no quería hacerle daño.

—Supongo que te ha contado lo que ocurrió con su padre, ¿no? —contestó él—. Falleció en un accidente porque iba bebido.

—¿Y piensas que está relacionando aquella situación con la tuya?

Carter se incorporó y se encogió de hombros.

—No lo sé. Tal vez.

—Creo que deberías aclarar las cosas con ella.

Fargo hizo que se diese cuenta de que tenía que disculparse con Macy. Su opinión le importaba.

Una hora después, Carter salió de su despacho con un plan. El aire era caliente y el sol todavía brillaba en lo alto del cielo. Fue hacia la posada andando, para aclararse la cabeza acerca de la traición de Jocelyn, la última travesura de su padre y sus sentimientos por Macy.

Rocky se unió a él a medio camino, meneando el rabo contento.

—Eh, chico —le dijo Carter, agachándose a darle una palmadita en la cabeza—. ¿También te está haciendo Macy el vacío a ti? No, seguro que a ti no. Solo está enfadada conmigo.

Ambos fueron andando juntos y, al llegar a la altura de la posada, Carter no tardó en encontrar a Macy. Estaba en el centro del cenador, recitando un texto. Carter no oyó lo que decía, pero sus gestos eran fluidos, sinceros y emocionados. Él la observó y se preguntó por qué no había tenido más éxito como actriz.

Había sido un tonto al pensar que encajaba en el rancho, en el pueblo y en los placeres sencillos. Él tenía mucho dinero, pero, en el fondo, seguía siendo un chico de campo. Le gustaban los rodeos, las películas de John Wayne y comer tarta de manzana en la feria.

Subió al cenador antes de que se le olvidase que había ido a disculparse. Macy había estado tan metida en su papel, que no lo vio hasta que Rocky no ladró tres veces para saludarla.

—Me has pillado con las manos en la masa —le dijo.

—Eres buena.

—No lo hago del todo mal.

—Entonces, me has engañado.

—No pretendía engañar a nadie. Solo intentaba resultar convincente.

Carter le tendió un lirio que había llevado escondido a la espalda.

—Para ti.

Ella sonrió.

—Es mi flor favorita.

Mara se lo había dicho a Carter y él había ido al pueblo a comprar un ramo, pero su ama de llaves le había dicho que una sola flor tenía más significado y él había seguido su consejo a pesar de no entenderlo.

Macy tocó el pétalo rosa.

—¿Cómo lo has sabido?

—Tengo mis fuentes —le respondió él—. He venido a disculparme por haberte hablado mal esta mañana.

Ella mantuvo la cabeza agachada, mirando la flor.

—Tenías razón, no es asunto mío, pero quería...

—Ayudar. Lo sé, pero no puedes hacerlo. Solo te pido que me perdones.

Ella ladeó la cabeza. Llevaba una blusa blanca, pantalones vaqueros azules y el pelo suelto, estaba muy guapa.

–¿Cómo no voy a perdonarte? Me has regalado mi flor favorita.

Macy sonrió y Carter le tomó la mano y la abrazó.

–Quiero que nos reconciliemos –añadió él, besándola.

En cuanto sus labios se tocaron, todo lo demás desapareció a su alrededor. Carter no podía desearla más, pero todavía no había terminado de hablar.

–Quiero llevarte a cenar esta noche.

Macy tomó aire. Lo miró a los ojos.

–¿Qué?

–Te estoy pidiendo una cita.

Ella respiró profundamente varias veces.

–¿Me estás pidiendo una cita? –repitió, arqueando las cejas.

–Eso es. Para esta noche. He reservado mesa en un elegante restaurante de Dallas. En un salón privado. Forma parte de mis disculpas, así que piénsatelo bien antes de responderme.

–Pero… ¿Por qué?

Él se encogió de hombros y no le dio la media docena de motivos que tenía rondando en la cabeza.

–¿Por qué no?

Su expresión confundida se tornó decidida y Macy sonrió de oreja a oreja.

–Encantada. Sí.

Pero luego, nada más aceptar, frunció el ceño.

–Podrían vernos –dijo preocupada.

Carter sacudió la cabeza.

—No nos verán. Pasaremos allí la noche. Por la mañana, pararemos en algún pueblo en el camino de vuelta y… compraremos muebles para la posada.

A Macy le brillaron los ojos.

—¿De verdad?

—Nunca hago las cosas a medias, Hollywood. Admite que no habría podido disculparme mejor.

Ella levantó la cabeza, decidida a llevarle la contraria, pero después cambió de opinión.

—Está bien, es la mejor disculpa que he recibido en mi vida.

Satisfecho, Carter le dijo en voz baja:

—Te espero a las seis con tu mejor disfraz.

# Capítulo Nueve

Había merecido la pena esforzarse tanto solo para ver la cara de Carter al entrar en el salón.

Macy iba de rojo.

Llevaba un vestido ajustado y corto, con un generoso escote. Había sido un regalo de su madre que habían comprado juntas en Nueva York, pero Macy lo estrenaba esa noche.

Recordó la voz de Tina animándola a llevárselo.

—El rojo es tu color, cariño. Póntelo y se les saldrán los ojos de las órbitas cuando te vean.

Macy había tardado mucho rato en alisarse el pelo, pero al final había ganado la batalla al secador y lo había conseguido. Para terminar, se había pintado los labios de rojo y se había acentuado sus pómulos con polvos de sol. Con los ojos no podía hacer mucho. No tenía lentillas de colores porque siempre le había dado la sensación de que no quedaban nada naturales y llamaban la atención más que otra cosa.

—Vaya —comentó Carter—. Estás preciosa.

—Gracias. Tú tampoco estás mal con ese traje, McCay.

Él infló el pecho y le guiñó un ojo.

–Encantado de complacerla, señora –le respondió–. ¿Lista para ir a la ciudad?

–Sí.

Carter le puso la mano en la espalda y la guio hacia la puerta, pero se detuvo bruscamente.

–Espera. Se me había olvidado. Hoy ha llegado esto para ti –le dijo, dándole un sobre certificado.

–¿Para mí?

–¿Quién sabe que estás aquí? –le preguntó Carter.

–Solo mi amiga Avery y mi abogado. La carta es de él, Barton Lowenthal.

–¿Es importante?

Macy estaba al lado del hombre de sus sueños, preparada para salir. En esos momentos, no podía haber nada más importante.

–No, debe de ser algún documento acerca de la herencia de mi madre.

Macy dejó el sobre en la mesa del recibidor.

–Ya lo abriré luego.

Luego miró a Carter, que la esperaba en la puerta con el sombrero en la mano. Su vida allí era tan distinta a la que había tenido en Hollywood que le entraron ganas de echarse a reír. Sabía que solo estaba con Carter de rebote, porque su novia lo había dejado, y que no tenían ningún futuro, pero esa noche iba a disfrutarla igual.

De camino a Dallas, Carter sacó temas de conversación sin importancia e intentó compensar a Macy por cómo la había tratado por la mañana. Le había hecho daño y la había puesto en su sitio, pero ella seguía pensando que podía hacer algo con respecto a la relación que tenía con su padre. También era muy testaruda.

Carter apartó la vista de la carretera para mirarla una y otra vez. Ella también se sentía atraída por su magnetismo y lo miraba en los momentos de silencio, maravillada con su belleza y seguridad en sí mismo. Por fin, a medio camino, Carter le apoyó la mano en la pierna, justo por encima de la rodilla. Macy se estremeció y se olvidó de su testarudez. Carter hacía que se olvidase de todo, salvo del deseo salvaje que corría por sus venas. Respiró hondo y la miró con deseo.

—A lo mejor no llego a la cena.

Macy tragó saliva y revivió las sensaciones de la noche anterior. Lo deseaba.

—Podríamos pasar directos al postre.

Él sonrió con malicia.

—Me gusta cómo piensas, Hollywood, pero te debo una buena cena —respondió suspirando y apartando la mano de su pierna.

Ella echó de menos su calor y se preguntó cómo iba a hacer para aguantar.

Tal y como le había prometido, Carter la llevó a un restaurante nuevo que estaba en el último piso del Hotel Majestic, al que accedieron por un ascensor de servicio. Les sirvieron la cena en un salón privado, con su propia barra y pista de baile, con música clásica de fondo.

Después de pedir un solomillo y un pastel de espinacas, les sirvieron unos aperitivos de gambas y ensalada con salsa de champán. Macy casi no tenía apetito. Bebió algo de vino tinto y se centró en el hombre que tenía delante, que era increíble, muy sexy.

Entre plato y plato, Carter la sacó a bailar y se esforzó por hacer que aquella cita fuese inolvidable. Macy apretó su cuerpo contra el de él y se movieron acompasadamente.

–¿Qué tal va la disculpa? –le preguntó él.

–Ya te he perdonado por las cinco siguientes cosas que hagas –respondió ella suspirando.

Carter echó la cabeza hacia atrás y rio. A Macy le encantaba el sonido de su risa.

–¿Tan segura estás de que voy a volver a meter la pata?

–Completamente.

Él la agarró con más fuerza y le susurró al oído:

–Pero, cariño, ¿qué tiene eso de divertido?

El calor de su aliento hizo que Macy se estremeciese.

Carter sacudió la cabeza, tenía los ojos brillantes.

–Si seguimos así, la cena tendrá que esperar.

La besó apasionadamente y, después de aquello, todo avanzó muy deprisa. Empezaron a acariciarse y a besarse frenéticamente.

Carter la agarró de la mano y la sacó de la pista de baile.

–Toma tu bolso –le ordenó antes de llevarla hasta un ascensor especial que llevaba a las suites del ático.

Al llegar, Carter metió la tarjeta en la ranura y entraron en la suite.

–Bonito...

Carter la hizo callar a besos y la apoyó contra la pared. Murmuró todas las cosas que iban a hacer en aquella habitación y a Macy le ardió el rostro tanto como le ardía el cuerpo y supo que jamás llegarían a la cama.

Él pasó de sus labios al cuello, hasta llegar a los pechos. Macy arqueó la espalda y cerró los ojos para disfrutar de la sensación. Después, le recorrió el muslo con la mano y, unos segundos después, Macy tenía el vestido arrugado en la cintura. Impaciente, Carter gimió al acariciarle el sexo. Le dio placer y la hizo suspirar.

Después se puso un preservativo y le procuró a Macy el encuentro sexual más exquisito, erótico y excitante de toda su vida.

–¿Eso... es... todo?

Carter rio satisfecho antes de tomarla en brazos y llevarla a la cama.

–Espera, cariño. Espera.


Cuando Macy despertó estaba encendido el aire acondicionado. Estaba en una lujosa cama, con sábanas de seda, completamente desnuda y con los rayos de sol entrando en la habitación. Intentó ponerse más cómoda y chocó con la mano de Carter. Este se giró hacia ella, llevándose las sábanas, y le apoyó la mano en la cadera. Macy sintió calor inmediatamente.

—Buenos días —le dijo Carter, dándole un beso en la mejilla.

—Umm, buenos días —le respondió sonriendo.

Él le devolvió la sonrisa y le aparecieron hoyuelos en las mejillas.

Macy sentía por Carter cosas que iban más allá de la fascinación por un tipo que llevaba siempre un sombrero de vaquero. Le importaba, lo admiraba, pero sentir algo más por él habría sido un suicidio por su parte.

—¿Sigues cansada? —le preguntó él, acariciándole la cadera.

La noche anterior, después de llegar a la cama, Carter le había enseñado las estrellas sin tan siquiera mirar por la ventana.

—No para... ir de compras —dijo ella sonriendo.

Él se tumbó boca arriba y gimió.

—Me lo temía.

—Una promesa es una promesa, McCay. Por no mencionar que forma parte de tus disculpas.

—Pensé que con las dos disculpas de anoche sería suficiente.

Le había hecho alcanzar dos orgasmos increíbles, pero Macy era de las que, además de recibir, también daba. Ambos estaban a la misma altura como compañeros de cama.

–No te vas a librar, Carter.

Él la agarró por la cintura, la tumbó encima de su cuerpo y empezó a hacerle cosquillas.

–¡No! ¡No! ¡Para!

Carter paró y sonrió de oreja a oreja.

–No estás jugando limpio –protestó Macy.

–Lo sé. Me gusta ganar.

Ganar era importante para Carter. Trabajaba muy duro para tener éxito sin pisar a nadie en el camino. Era honrado y decente. Estaba seguro de sí mismo y sabía cómo hacer que todo el mundo se sintiese bien. Macy lo envidiaba un poco, a pesar de admirarlo.

La habitación se quedó en silencio, Macy estaba pensativa.

–Sabes quién eres, Carter McCay. Y eso me gusta de ti.

–Lo dices como si tú no supieses quién eres.

–En ocasiones… no estoy segura. Sé que soy actriz por defecto. Sé interpretar un texto. Se pueden pagar las facturas siendo actriz.

Salvo que en esos momentos tenía muchas deudas.

–Pero tengo sueños que algún día me gustaría hacer realidad –añadió.

–¿Como cuáles?

Ella se encogió de hombros.

–Me gustaría abrir una escuela de teatro para niños. Quiero enseñar. Al contrario que mis padres, estoy más cómoda detrás que delante de las cámaras. Y me encantan los niños.

–¿Y por qué no lo haces cuando vuelvas a Hollywood?

La sugerencia la enfadó. Se sintió dolida. No había esperado que Carter la invitase a quedarse en el rancho para siempre, pero no quería pensar en marcharse. Necesitaba el descanso y continuar con lo que tenía con Carter, fuese lo que fuese y durase lo que durase. En esos momentos, no quería pensar en volver a Hollywood.

–No puedo... ahora no.

Carter se quedó en silencio.

–Tienes razón –dijo después de unos segundos–. No tienes que tomar esa decisión ahora.

Una hora después salían del hotel.

Antes de volver a casa, Carter la llevó a varias tiendas de antigüedades y buscaron juntos muebles para la posada.

En la quinta tienda en la que entraron les gustó un armario. Normalmente, cuando Carter McCay entraba en cualquier sitio, todas las mujeres lo miraban con admiración, pero en aquella ocasión la dueña de aquella tienda, llamada Addie, incomodó a Macy con sus miradas curiosas.

Cuando ya habían terminado de comprar, la mujer los acompañó al aparcamiento y por fin le preguntó:

–¿Nos conocemos de algo?

–No, no lo creo –respondió Macy.

La otra mujer se quedó pensativa.

–Es que me suena mucho su cara. De hecho, se parece a una actriz...

Carter se acercó y le dio a Macy un beso en la mejilla.

–Vamos, cariño. Los niños van a volver locos a la abuela si no llegamos pronto.

Macy lo siguió.

–Lo siento –se disculpó con Addie–, pero Toby y Kenny son muy traviesos y al pequeño le están saliendo los dientes. Bueno, ya sabe cómo es eso.

–La verdad es que no, no tengo hijos –respondió Addie.

Carter le abrió la puerta del coche y Macy se sentó y se abrochó el cinturón de seguridad. Carter sonrió a Addie, se sentó detrás del volante y arrancó.

–Adiós –dijo Macy.

Cuando ya se habían alejado de la tienda, Carter la miró de reojo.

–¿Toby y Kenny? ¿Son esos los nombres de nuestros hijos? –preguntó divertido.

Ella se echó a reír.

–Son los dos últimos nombres que había oído en la radio.

–Ah –comentó Carter, apretándole cariñosamente la mano–. Ahí has estado rápida.

El gesto la calentó por dentro. Se imaginó

abrazando a los hijos de Carter y de ella. Y entonces se dio cuenta de que imaginar aquello solo podía traerle problemas.

—Se dará cuenta de quién soy en cuanto se pare a pensarlo. Suele ocurrir. Y sabe dónde vives.

—No, no lo sabe. He pagado en efectivo y he quedado en que Henry pasará a recoger el mueble.

Macy se sintió aliviada.

—Tú también has estado espabilado.

Siguieron de compras y encontraron un armario, una mesita de noche, dos lámparas y una enorme cama de hierro forjado. Una vez más, Carter pagó en efectivo y dijo que pasarían a recoger los muebles para proteger la identidad de Macy.

Al llegar al rancho, anunció con naturalidad:

—Ya estamos en casa.

Macy miró la casa y pensó que se sentía bien en ella. Era un lugar bonito y tranquilo, a pesar del olor a vaca y a tierra. Se entristeció al darse cuenta de lo mucho que le gustaba vivir allí y pensar que era solo una invitada.

—Me parece que hoy hemos avanzado mucho —dijo Carter, mirándola mientras aparcaba.

Ella le sonrió a pesar de su tristeza. Carter se refería a los muebles. Y ella estaba pensando en otra cosa.

–Sí, es verdad. Espero que todo quede tal y como lo he imaginado.

–Seguro que sí –le dijo Carter, acercándose a ella hasta quedarse a un centímetro de sus labios–. Hollywood, se te da bien lo que haces.

Y, dicho aquello, la besó con dulzura.

Unos segundos después, Macy tomó aire y lo miró. Era guapo, irresistible. Se sintió feliz solo de tenerlo cerca y le asustó pensar en lo rápidamente que estaban avanzando sus sentimientos por él. Intentó controlarlos.

–Se me da bien gastar tu dinero.

Él rio y volvió a besarla.

–Se te dan bien muchas cosas –murmuró, mordisqueándole el cuello–. Ojalá no tuviese tanto que hacer hoy. Podrías enseñarme más…

Carter subió las escaleras de la casa con ella de la mano. Macy iba flotando. No recordaba haber sido nunca tan feliz. Carter le dio un beso rápido.

–Tengo que hablar con Henry. Te veré luego, ¿de acuerdo?

–De acuerdo.

Macy había pasado la noche y gran parte del día con él, y ya lo estaba echando de menos. Lo vio alejarse y entró en la casa justo cuando Mara estaba saliendo del salón. Tenía en la mano el sobre marrón que Carter le había enseñado el día anterior.

–Ah, hola, Mara.

–Buenas tardes –respondió esta, mirando la bolsa de viaje que llevaba en la mano.

Mara siempre había sido amable e imparcial, y Macy echaba de menos tener compañía femenina. Se encogió de hombros y sonrió a la otra mujer.

–Hemos estado… de compras –le explicó–. Hemos comprado algunos muebles para la posada.

–Me alegro de que Carter se haya decidido a arreglarla. Si has sido tú la que has influido en ello, enhorabuena. Todavía me acuerdo de cuando estaba en su mejor momento. Era un lugar precioso.

–Espero que, cuando termine con él, esté a la altura de tus recuerdos.

–Apuesto a que lo vas a dejar todavía mejor.

Mara sonrió y le dio el sobre.

–Estaba encima de la mesa y es para ti. Pensé que sería importante.

–Sí, es probable –respondió ella–. Gracias.

Se lo metió debajo del brazo. No quería estropear su buen humor abriéndolo en ese momento.

–He dejado la comida en la nevera. Pollo estofado. Puedo calentarlo –le dijo Mara.

–Ah, ahora no tengo hambre, pero gracias. Iré un rato a la posada.

–Seguro que queda fenomenal –comentó Mara antes de marcharse.

Macy dejó su bolsa de viaje en la habitación y la carta del bufete de abogados encima de la cómoda. Fue hacia la ventana y observó el extenso terreno del rancho. Había ganado pastando y oyó relinchar a los caballos que estaban en el corral. A un lado estaba Carter McCay hablando con un par de hombres. Era fácil de distinguir.

Suspiró y dejó que la emoción la invadiese. Seguiría siendo feliz unos días más.


—¿Has visto a Rocky? —le preguntó Macy a Bill Fargo mientras se sentaban en las escaleras del cenador y le daba una taza de té frío—. Siempre lo tengo enredado a mis pies de camino aquí y hoy lo he echado de menos.

Bill se quedó pensativo unos segundos.

—Ahora que lo pienso, yo tampoco lo he visto hoy. Qué raro. Esta mañana me he encontrado al señor McCay en el pueblo. Estaba en la cafetería, hablando con la camarera y…

—¿El señor McCay? Pero si yo estaba con Carter… Ah —dijo Macy, comprendiéndolo—. Te refieres al padre de Carter, Riley.

—Sí, Riley McCay. Todo el mundo parecía conocerlo, aunque intentasen fingir lo contrario. Se estaba quejando de su hijo en voz alta, diciendo que no le dejaba entrar en el rancho ni ver a su perro. Y ha dicho algo de que quería recuperar al animal.

Macy tragó saliva.

–¿Lo sabe Carter?

Bill bebió té y negó con la cabeza.

–Todavía no. Yo no le había dado importancia hasta ahora que veo que no está Rocky.

–¿Piensas que ha podido llevárselo? –le preguntó Macy preocupada.

–No he visto al perro en toda la tarde.

–A lo mejor se está echando una siesta a la sombra –comentó ella, intentando convencerse a sí misma, ya que la alternativa podría causar una nueva discusión entre Carter y su padre.

–Tal vez. Aunque si el viejo se ha llevado al perro, tu novio hará que lo detengan.

–No es… mi novio.

Fargo puso los ojos en blanco y sonrió.

–¿Y qué lo impide?

Macy sacudió la cabeza, incapaz de responderle.

–No lo sé.

–No sabes lo preocupado que estaba por ti la otra noche.

–¿De verdad?

–Sabes que sí, Macy.

A ella le gustó oírlo, aunque no sabía si Carter se había preocupado realmente por ella o porque él era así.

–Lo único que sé es que tengo que encontrar a Rocky –respondió.

Se le había ocurrido una idea. Era arriesgada, pero eso nunca la hacía desistir.

–Estés pensando en lo que estés pensando, ten en cuenta las consecuencias, Macy. Sabes que tengo que contarle a Carter lo que he oído esta mañana.

–Lo comprendo, pero tengo que hacer lo que pienso que debo hacer –le dijo ella sonriendo–. No te preocupes por mí. Ni siquiera estamos seguros de que Rocky no esté en el rancho.

Ella tenía la sospecha de que no estaba y encontrándolo mataría dos pájaros de un tiro. Aunque Carter se enfadase, tenía que intentar llevar al perro de vuelta a casa.

# Capítulo Diez

Macy se sentó en la minúscula cocina de Riley McCay, el único lugar de la casa que parecía estar cuidado y limpio. Había dos habitaciones condenadas debido al incendio y el viento hacía que, de vez en cuando, entrase el olor a madera quemada en la habitación.

–Quiero disculparme otra vez, señorita, por haberla asustado la otra noche. Le prometo que no sabía que había alguien en la casa. En esos momentos, no podía pensar con claridad.

El hombre parecía sinceramente arrepentido y Macy vio a Carter en la estropeada cara de su padre. Tenía el pelo cano a la altura de las sienes y muchas arrugas, pero Macy no había perdido la esperanza con él. De repente, entendió la ira y la frustración que sentía Carter con respecto a su padre, porque no podía salvarlo.

–Señor McCay, acepto sus disculpas, pero debería haber hablado con Carter en vez de intentar entrar por la fuerza en la posada.

–No pretendía hacerlo, pero empezó a llover con fuerza y como estaba enfadado porque mi hijo no me dejaba entrar allí… –se explicó, enfadado.

Macy se sintió incómoda y acarició a Rocky, que estaba sentado a su lado.

–Me gustaría ayudarlo, señor McCay, pero no puede volver a entrar a escondidas en la propiedad. Ni tampoco puede volver a llevarse a Rocky.

–Yo no me lo he llevado. Ha sido él el que me ha seguido hasta aquí.

–Señor McCay –le dijo ella, con firmeza y suavidad al mismo tiempo–, ya le he contado el problema que tenía mi padre. Me conozco todas las excusas y todas las mentiras. No puede engañarme. Se ha traído a Rocky y tiene que prometerme que no volverá a hacerlo.

Él agachó la cabeza y se encogió de hombros.

–Lo echo de menos.

–Echa de menos a Carter.

Riley la fulminó con la mirada y empezó a negar con la cabeza, pero ella lo miró fijamente y, alargando la mano por encima de la mesa, le tocó el brazo de manera cariñosa.

–Si quiere ver a Rocky y a su hijo, solo tiene que llamar a Carter.

–No quiere verme.

–Lo haría si usted actuase como un padre. Tal vez podría…

Se oyó el motor de un coche y Macy levantó la cabeza para mirar por la ventana. Se maldijo. Era Carter y no había pasado por allí por casualidad.

Al entrar, Carter la fulminó con la mirada al verla sentada en la cocina con su padre.

—¿Qué demonios crees que estás haciendo? —preguntó.

Riley se levantó. Era tan alto como Carter.

—No le hables así a Macy, chico.

Carter lo ignoró. Miró a Rocky y apretó la mandíbula. En otras circunstancias, el animal habría corrido a recibirlo, pero no se había movido del lado de Macy.

—Me estoy tomando un té con tu padre —respondió ella, levantando la barbilla.

Carter miró la mesa vacía.

—¿De verdad? Pues yo no veo ningún té.

—Iba a hacerlo ahora mismo —intervino Riley—. ¿Por qué no te sientas un poco?

Carter miró a su padre con incredulidad.

—¿A tomar un té? —inquirió, intentando controlar su ira—. No, gracias.

Riley frunció el ceño y volvió a sentarse, se cruzó de brazos.

—Como quieras.

Carter volvió a mirar a Macy.

—¿Cómo has venido hasta aquí?

Mara la había llevado a regañadientes.

—Eso no importa.

—¿No me lo vas a decir? —le recriminó él.

Macy respiró hondo. No iba a permitir que Carter la tratase así. Negó con la cabeza.

Él se quedó mirándola y luego dijo:

—Vámonos de aquí.

Macy se puso en pie, apoyó las manos en la mesa y se inclinó hacia delante para contestarle.

–A lo mejor no me has oído bien, Carter. Te he dicho que voy a tomarme un té con Riley.

–Como quieras, pero Rocky se viene a casa conmigo.

–Es mi perro –le dijo Riley con indignación.

Carter apretó la mandíbula, estaba perdiendo la paciencia.

–Casi muere por tu culpa, papá. No vuelvas a llevártelo.

Carter cambió de tono de voz al agacharse delante del animal y llamarlo.

–Vamos, chico.

Rocky se levantó y avanzó hacia él. Parecía confundido, pero Carter le acarició la cabeza y se puso tan contento.

Carter fue hacia la puerta y una vez allí se giró hacia Macy.

Ella se estremeció bajo su fría mirada.

–Mandaré un coche a buscarte dentro de una hora –le dijo antes de marcharse.

Ella lo vio meterse en el coche y desaparecer. Cerró los ojos y se dio cuenta de la realidad.

No había ayudado a arreglar la situación. Probablemente, no había hecho más que empeorarla.

\*\*\*

Macy no vio a Carter por ninguna parte al llegar a casa. Estaba anocheciendo y su habitación estaba fresca gracias al aire acondicionado, pero ella no se sentía bien. Seguía pensando que la relación entre Carter y su padre podía salvarse, pero a lo mejor se había equivocado en la manera de hacerlo. A juzgar por cómo la había mirado Carter antes de marcharse de casa de su padre, pensaba de ella que era una traidora.

—Has metido la pata hasta el fondo —se dijo a sí misma.

Tenía que haber escuchado a Bill Fargo y haber pensado en las consecuencias.

Miró el sobre marrón que seguía encima de la cómoda y gimió en voz baja. Tenía que abrirlo, pero en esos momentos no le apetecía. No quería pensar en la muerte de su madre ni en el caos económico en el que estaba. No quería pensar en que aquel rancho no era su lugar. Quería seguir fingiendo un poco más.

Se sentó en la cama, sintiéndose sola y con el corazón roto y se sobresaltó al oír que le sonaba el teléfono móvil. Sonrió al ver que se trataba de Avery. Era justo lo que necesitaba, hablar con su amiga.

—Hola, Av —le dijo, relajando los hombros. ¿Cómo sabías que necesitaba una amiga justo esta noche?

—Supongo que porque a mí me pasa lo mismo, debemos de estar en la misma onda.

–Eso suele estar bien –comentó Macy–, aunque esta noche no te noto contenta. ¿Qué te pasa?

–Estoy un poco disgustada. No es nada importante, pero hay un hombre que no deja de insistir…

–Parece interesante –dijo ella–. Continúa.

–No, no te equivoques. Es un experto en arte que está empeñado en que venda la colección de arte impresionista de mi padre.

–¿De verdad? ¿Quién es? –le preguntó Macy.

–Se llama Marcus Price. Trabaja para Waverly's.

–Ah, ya, lo conozco. Ann Richardson me lo presentó cuando estábamos negociando la subasta de los bienes de mi madre. Me pareció bastante guapo, si te gustan los hombres altos y seguros de sí mismos.

–Solo he hablado con él una vez –respondió Avery–. Para decirle que no estaba interesada, pero ha seguido llamándome y enviándome correos electrónicos.

–¿Considerarías vender, Avery?

–No. Esa colección de arte es lo único que me queda de mi padre, que fue la única persona de mi familia que me demostró que me quería. Él adoraba sus cuadros y no puedo separarme de ellos.

Macy tenía la sensación de que Forrest Cullen no había sido la clase de padre que Avery había necesitado. Había sido, como poco, distante con ella, a pesar de haberle demostrado cariño de vez en cuando.

—Bueno, si lo tienes tan claro, ¿por qué no vas a ver a Marcus Price y le das tu respuesta en persona? Te aseguro que es muy guapo. Y así podrás dejarle claro lo que piensas.

Avery suspiró.

—Tal vez. Gracias por escucharme. Ahora, cuéntame, ¿cómo va la cosa con tu vaquero?

Macy le narró los últimos acontecimientos, incluido su intento fallido de ayudar a que Carter y su padre se reconciliasen.

—¿Por qué no hablas con él? —le preguntó su amiga.

—Carter es muy testarudo. No creo que pueda arreglar las cosas hablando. Ya me dijo una ve que no me metiese donde no me llamaban.

—Entonces, discúlpate con él. Si es un buen hombre, te perdonará.

Macy no podía disculparse porque seguía pensando que tenía la razón.

—No sé. Ya se me ocurrirá algo.

Se despidió de su amiga y se quedó sentada en la cama, pensativa. La sincera conversación que había tenido con Avery había hecho que se diese cuenta de lo mucho que le importaba Carter. Además de parecerle sexy y guapo, le gustaba cómo era. De hecho, nunca un hombre le había gustado tanto. Pero ella no creía en el amor y, además, Carter era el dueño del diamante maldito.

Aunque su corazón le dijese otra cosa, ella se aferró a aquellos pensamientos. Quería llevarse bien con Carter mientras estuviese allí. Quería terminar de decorar la posada. Y no quería que una discusión acerca del padre de Carter estropease su estancia en el rancho.

Así que iba a arreglarlo.

Muy pronto.


Carter agradeció el agua fresca de la piscina. La luz de la luna se reflejaba en la superficie. Respiró hondo y metió la cabeza, siempre se le había dado bien nadar, desde niño, cuando saltaba con sus amigos desde los árboles al río.

En esos momentos no nadaba para pasarlo bien, sino para quemar energía.

Esa tarde, se había puesto furioso al enterarse de que Rocky había desaparecido. Después de hablar con Fargo, había ido directo a casa de su padre, seguro de que el perro estaría allí. Lo que no había esperado era encontrarse también a Macy.

Estaba más enfadado con ella que con su padre. Aunque no sabía por qué se sentía tan traicionado.

Se recordó a sí mismo que sus intenciones eran buenas, pero eso no lo tranquilizó. Nadó con más intensidad todavía.

Después de media hora en la piscina, salió y se secó con la toalla que había dejado encima de una silla. Se enrolló la toalla a la cintura y entró en la casa.

Pensó que, a esas horas, Macy debía de estar durmiendo. Aun así, se detuvo un instante delante de su puerta. Suspiró y sacudió la cabeza. Todavía no estaba preparado para perdonarla.

Por un lado, no había querido que esta se inmiscuyese en sus asuntos y, por otro, no había querido que viese la pobreza en la que había crecido. La vergüenza y la humillación eran cosas difíciles de superar. A pesar de haberse convertido en un hombre rico, de éxito, aquella casa y aquel hombre representaban una niñez dolorosa, que lo había marcado. Y no había querido que Macy viese aquello.

Se obligó a dirigirse a su dormitorio. Una vez dentro, se dio una ducha y se puso unos calzoncillos. Se metió en la cama y encendió la televisión.

Cinco minutos después llamaron a la puerta. Carter apagó la televisión y se levantó a abrir. Era Macy, vestida con una falda ajustada y una camiseta blanca. A Carter le pareció que estaba muy sexy y no pudo evitar desearla. La miró a los ojos y vio tanta emoción en ellos que no pudo rechazarla.

Le tendió la mano, permitiendo así que Macy tomase la decisión.

—Esta noche es solo sexo, Hollywood. Todavía estoy muy enfadado contigo.

# *Capítulo Once*

Macy sabía lo que quería. Y prefería tener a Carter enfadado que no tenerlo, así que tragó saliva y le dio la mano.

Él la llevó hasta la cama, se sentó y la devoró con la mirada. Separó las piernas y la colocó en medio.

—Desnúdate —le ordenó.

Macy no se inmutó. Con manos temblorosas, se quitó la camiseta.

—Más despacio, Hollywood.

Ella respiró y siguió desnudándose lentamente, cada vez más excitada.

Después, Carter la agarró por las caderas y la sentó en su regazo para devorar sus labios.

Jugó con sus pechos hasta hacerla retorcerse de placer y ella se alegró de que Carter no hubiese preferido hacerlo rápido y dejarla marchar.

No, aquello era mucho más placentero. Estaba completamente a su merced. Y le encantaba.

—Tócame —le rogó él.

Macy enterró los dedos en el vello de su pecho y le acarició después la espalda. Lo besó en el torso y le pasó la lengua por los pezones, haciéndolo gemir de placer.

Vio la erección de Carter sobresaliendo de los calzoncillos y se le aceleró el pulso.

Carter se dio cuenta y la tumbó con la espalda en sus muslos y las piernas apoyadas en la cama para acariciarla de manera más íntima. Ella gimió y cuando notó que Carter le metía un dedo dentro, se perdió por completo en las eróticas sacudidas de su cuerpo.

Fue un clímax ruidoso. Cuando abrió los ojos, Carter la estaba mirando con satisfacción y asombro. Era con diferencia el mejor amante que había tenido y quería que él pensase lo mismo de ella.

Carter la levantó para poder desnudarse y buscar un preservativo. Después, volvió a acomodarse en la cama y la sentó de nuevo encima de él, mirándolo. Ella lo ayudó a penetrarla y empezó a moverse con las piernas abrazadas a sus caderas.

–Sigue, Macy. No puedo esperar un minuto más –le suplicó mientras la besaba en el cuello.

Y Macy le dio todo lo que tenía. Apretó su cuerpo contra el de él en una unión excitante y bella. Sus cuerpos se movieron al mismo ritmo al tiempo que se besaban y se acariciaban. Y entonces Carter gimió de placer.

Cuando ambos volvieron a respirar normalmente, Carter la levantó y la dejó a su lado en la cama.

–Me sorprendes.

Macy estaba agotada, pero aquellas palabras de Carter, expresadas con tanta admiración, hicieron que volviese a desearlo.

–Y tú a mí –le respondió en voz baja.

Él asintió y la miró a los ojos. Esa noche no se quedarían abrazados como habían hecho otras veces después de hacer el amor. No se acariciarían bajo las sábanas ni se dirían palabras bonitas. Habían hecho un trato y Carter seguía enfadado con ella. Esa noche había sido solo sexo.

Se quedó con la vista clavada en la pared que tenía delante y la mandíbula apretada. Ella le dio un beso en el hombro y se levantó de la cama.

–Buenas noches, Carter.

Se agachó a recoger la ropa del suelo y, de repente, notó que le tiraban del pelo. Antes de que le diese tiempo a girarse, tenía a Carter allí, pegado a su espalda.

–¿Adónde crees que vas? –le preguntó con voz ronca.

–A la cama.

Su aliento le acarició la sensible piel de detrás de la oreja.

–Tu cama está aquí.

–Pero tú todavía estás enfadado.

–Furioso.

Macy se giró.

–Me parece que estás cometiendo un error.

—¿Contigo? —preguntó Carter riendo, agarrándola del trasero—. Si fuese un error, me encantaría cometer mil más.

—No… quería… decir eso —respondió Macy, a la que estaba empezando a costarle trabajo pensar.

Carter la acalló a besos.

—No quiero que discutamos más, Hollywood. Ven a la cama, cariño. La noche no ha hecho más que empezar.


Había días en los que Carter ni siquiera pensaba en Jocelyn. Aunque no había olvidado su traición ni su manipulación. Era solo que ya no le importaba, a pesar de haber aprendido una lección con ella. Pero no había sido solo eso lo que había hecho que perdiese la fe en el matrimonio. Sus padres tampoco habían sido un buen ejemplo. Su madre había tenido que soportar a su padre y, cuando, en la adolescencia, Carter le había preguntado a su tío cómo había podido aguantar tanto, este siempre le había dado la misma respuesta: porque lo quería. Como si eso lo cambiase todo. Como si fuese la respuesta definitiva.

Para Carter, no era motivo suficiente. Tenía que haber algo mejor ahí afuera, que no causase sufrimiento y destrucción. El amor no podía ser tan bueno como decían.

Lo suyo con Macy estaba bien. Habían conectado y no recordaba haber sido nunca tan feliz.

Durante la semana anterior, habían hecho el amor tantas veces que había perdido la cuenta. Estaba fascinado con ella, era como una adicción, una droga sin la que parecía no poder vivir. Desde la noche en que ella había ido a su dormitorio y habían acordado no volver a hablar de su padre, no había podido dejar de pensar en ella. Se preguntó si eso cambiaría cuando la pasión que había entre ambos empezase a disminuir, ya que no podía durar eternamente.

La vida de Macy estaba en Hollywood, lo quisiese admitir o no, pero, por el momento, era suya.

—¿Carter?

Él salió de sus pensamientos y se preguntó en qué momento se había desconcentrado. Llevaba desde el amanecer trabajando en la contabilidad anual con Jacob Curtis, su contable, que se había desplazado al rancho en vez de reunirse con él en Dallas, como solían hacer. Carter sabía que si en esa ocasión lo había hecho así era solo porque no quería alejarse de Macy mientras esta estuviese en el rancho.

—¿Has oído lo que te he dicho? —le preguntó Jacob, cerrando su maletín y poniéndose en pie.

—Ah... sí. Que seguiremos en contacto para aclarar esos pagos que aparecen por duplicado en los libros.

–Hoy estás un poco distraído. ¿Va todo bien?

–Mejor que bien –le aseguró Carter, levantándose también para darle la mano–. Gracias, Jake. Te agradezco que hayas venido hasta el rancho.

–Para eso me pagas, aunque tengo la sensación de que no has querido venir a la ciudad porque aquí tienes algo que te retiene.

Carter sonrió.

–Tal vez. Hace muchos años que me conoces.

Jake le dio una palmada en la espalda.

–Sea quien sea, pásalo bien con ella.

Carter no se molestó en negarlo.

–Eso tengo pensado. Vamos. Te acompañaré al coche.

Cuando el contable se hubo marchado, Carter se subió al todoterreno y fue hacia la posada. Al llegar, se llevó la decepción de ver que Macy no estaba sola. Bill Fargo estaba a su lado, en las escaleras del cenador, a la sombra de los viejos robles que se movían con la brisa del atardecer.

Macy disfrutaba de aquellos ratos con Fargo.

–Hola a los dos –los saludó Carter–. ¿Qué os ha preparado hoy Mara?

Macy se movió para dejarle sitio a su lado y aquel gesto llenó a Carter de felicidad.

–Pastelitos de terciopelo rojo con cobertura de queso fresco y limonada. ¿No te parece increíble?

–Cualquiera diría que estáis de celebración –comentó él, mirándolos a ambos.

–No es nada especial –dijo Bill, quitándole importancia con un ademán.

–Claro que es especial. Es el cumpleaños de Bill. No me lo ha dicho él, pero Mara siempre se entera de todo –dijo Macy riendo–. Lo he invitado a cenar esta noche, si a ti te parece bien.

Carter habría preferido estar a solas con ella, pero no lo dijo.

–Por supuesto.

–No es necesario –intervino Bill, con el rostro colorado–. No quiero causar molestias.

–No es ninguna molestia –le respondió Macy–. Voy a preparar un plato de pasta casera.

–¿Sabes cocinar? –le preguntó Carter.

–Sé preparar algo que más que un sándwich, sí.

–No lo sabía –admitió él.

–Me encanta la pasta –dijo Bill–, pero esta noche tengo que estar de ronda.

Macy miró a Carter y este comprendió lo que quería decirle.

–Hoy tienes la tarde libre. Considéralo un regalo de cumpleaños –le anunció Carter, porque le caía bien Bill y porque quería probar la pasta casera cocinada por una estrella de Hollywood.

\*\*\*

–Así que la señora sabe cocinar –comentó Carter sonriéndole y pasándole el plato vacío.

–Estaba delicioso –dijo Bill.

Macy sonrió y tomó también el plato de Bill.

–Me alegro de que os haya gustado –respondió, dejando los platos en el fregadero–. Ha quedado mucho, puedo poneros más.

–Yo estoy lleno –dijo Bill, frotándose el vientre.

–Y yo voy a necesitar hacer por lo menos cincuenta largos para quemar lo que acabo de comer.

Macy tapó la cazuela y se sentó con ellos. Se tomaron una copa de vino y brindaron por el cumpleaños de Bill. Disfrutó del resto de la velada y de la animada conversación.

Poco después de que Bill se marchase, Carter intentó convencerla de que se diese un baño en la piscina con él, pero ella le dijo que tenía que recoger la cocina. No quería que Mara se la encontrase hecha un desastre al día siguiente. Carter se ofreció a ayudarla, pero ella le dijo que se fuese a nadar, pero que guardase energías para después.

Él la besó apasionadamente antes de marcharse.

Cuando hubo terminado de recoger, Macy subió a su habitación, se dio una ducha y se puso un camisón de color violeta que Carter le había regalado la noche anterior, diciéndole que hacía juego con sus ojos.

Se miró al espejo y se dio cuenta de que era verdad.

Estaba de buen humor. Tan bueno, que abrió el sobre marrón que había estado recogiendo polvo encima de la cómoda, segura de que no podía ser nada demasiado importante.

Efectivamente, eran copias de unos documentos que su eficiente abogado quería que tuviese. Cerró los ojos y suspiró aliviada.

Entonces, algo le golpeó la pierna y abrió los ojos. Del sobre grande había caído uno más pequeño.

–¿Qué es esto?

Pegado a él había una nota del abogado que decía que había encontrado aquel sobre en el despacho de su madre en Santa Mónica, y que iba dirigido a ella.

Tragó saliva y notó que se le encogía el estómago, pero se obligó a ser valiente y abrir el sobre.

Dentro había una hoja de papel escrito con la letra de su madre.

–Mamá –murmuró, con los ojos llenos de lágrimas.

Se fijó en la fecha. Su madre había escrito aquella carta durante los últimos días de su vida.

*Mi dulce princesa:*
*Sé que nunca he sido una madre convencional, pero espero que sepas lo mucho que te quiero y siempre te querré. Si lo sabes, descansaré en paz.*

*Has sido la mejor hija que cualquier madre habría podido tener. Llenaste de alegría y amor nuestra casa y tanto tu padre como yo hemos estado siempre orgullosos de ti. Clyde era capaz de cualquier cosa con tal de ver sonreír a su niña. Recuérdalo siempre.*

*Supongo que no fue justo pagar contigo mi ira con él por habernos dejado solas. Jamás pretendí manchar su imagen. Era un buen hombre y un padre maravilloso.*

*Tomé muchas decisiones equivocadas después de su muerte e intenté reemplazarlo cuando era imposible. Te lo digo ahora para que sepas que siempre he creído en el amor verdadero, para siempre.*

*Tuve ese amor con tu padre. Él era el amor de mi vida y jamás me arrepentiré de haberlo amado. Espero que algún día tú encuentres también un amor tan fuerte e intenso que te corte la respiración. Eso es lo que te deseo. Es lo que siempre he querido para ti… que ames y seas amada por alguien que te merezca.*

Las lágrimas le nublaron la vista y le corrieron por las mejillas en silencio. Macy dejó la carta a un lado y enterró el rostro entre las manos.

Entonces llamaron a la puerta y levantó la vista. Carter entró en su habitación vestido solo con unos vaqueros desgastados.

–Macy, cariño, es más de medianoche. ¿Vienes a la cama?

Lo vio y se dio cuenta. Estaba enamorada de aquel vaquero. Todo en Carter McCay le gustaba y se acababa de dar cuenta gracias a la carta de su madre.

No era el miedo a volver a su vida real lo que hacía que no quisiera marcharse del rancho. Lo que no quería era separarse de Carter.

Cerró los ojos y se maldijo.

—Eh —le dijo él con ternura, acercándose a la cama—. ¿Qué te pasa, cariño?

Ella hizo un esfuerzo y levantó el papel que tenía en el regazo.

—Es… la última carta de mi madre.

Él la miró de manera comprensiva. Se sentó en la cama y la abrazó.

—No llores, Macy.

Ella apoyó la cabeza en su hombro y siguió llorando.

—Bueno, llora —dijo él, como si estuviese incómodo—. No sé.

Macy levantó la cabeza para mirarlo a los ojos.

—Pensaba que lo sabía todo y acabo de darme cuenta de que estaba equivocada. Acerca de muchas cosas.

—¿Por qué no me lo cuentas?

Ella no dudó en desahogarse con él. Llevaba mucho tiempo queriendo hacerlo.

—Esos anillos que vendí en Waverly's… pensaba que estaban malditos. Me sentí fatal cuando supe que le habías pedido a Jocelyn que se casase contigo y le entregaste uno de ellos.

Carter no reaccionó. Ni siquiera se inmutó

al oír el nombre de la otra mujer, y eso la alegró.

–Pensaba que cualquiera que los tuviese no sería feliz porque mi madre había tenido tres matrimonios y los tres habían terminado mal. Primero, falleció mi padre. Después se casó con Amelio Valenzuela, que la dejó a las tres semanas porque era un príncipe y tenía que atender las obligaciones de su pequeño país. El tercero fue Joseph, un fotógrafo de moda que adoraba a mi madre. Fue este el que le regaló el anillo que compraste tú, y la engañaba tanto que mi madre lo dejó pocos meses después de la boda.

Carter escuchó y asintió.

–¿Y qué es lo que ha pasado? ¿Pone algo en esa carta que te ha hecho cambiar de opinión?

–Sí, y con su explicación ahora veo las cosas de otra manera.

–¿Y ya no crees que los anillos estén malditos?

Ella negó la cabeza y respiró hondo para tranquilizarse.

–Los vendí porque necesitaba el dinero. Mi madre falleció arruinada y yo he cometido algunos errores. Me negué a hacer una escena desnuda en una película, y a asistir a un programa de televisión en el que se iba a hablar de mi madre, en ambas ocasiones, después de haber firmado un contrato, así que me han demandado.

—Así que vendiste los anillos que pensabas que estaban malditos porque necesitabas el dinero —resumió él.

—Sí, pero también quería deshacerme de ellos. Aunque ahora me parece una tontería, siempre he pensado que los anillos eran los culpables de la infelicidad de mi madre. Y de la tuya.

—Eso no es cierto, Macy. Los anillos no tienen la culpa. Yo me equivoqué al pensar que estaba enamorado de alguien como Jocelyn. Fue un error.

Ella asintió.

—¿Te arrepientes de haberlos vendido? —le preguntó Carter.

—Me habría gustado quedarme con el que mi padre le regaló a mi madre, pero me temo que jamás volveré a verlo —respondió ella llorando—. Lo siento. No quería estropearte la noche.

—No me estás estropeando la noche. De hecho, quédate aquí. No te muevas. Tengo una idea.

Se marchó y volvió unos minutos después, con una pequeña caja de terciopelo negro en la mano. Se sentó a su lado y se la tendió.

—Esto es para ti, Macy Tarlington. Si lo quieres.

# *Capítulo Doce*

Macy aceptó la caja, feliz.

Miró a Carter a los ojos y la abrió con manos temblorosas.

–Qué bonito –dijo, mirando el anillo que este había comprado en la subasta y había pertenecido a su madre.

Carter se lo había regalado, y ya solo faltaba que dijese las palabras que sellarían su destino.

Estaba tan enamorada de él que casi no podía contenerse. Quería lanzarse a sus brazos, gritar de alegría y hacerle el amor hasta el amanecer.

–Ya no lo quiero para nada –comentó Carter en tono sincero–. Nunca volveré a pedirle a una mujer que se case conmigo –continuó con convicción.

Macy asimiló sus palabras y se sintió como vacía por dentro, decepcionada, dolida. No era aquello lo que había esperado.

–Puedes venderlo y, con lo que te den, montar esa escuela de teatro –continuó él.

Ella miró el diamante e hizo acopio de valor para responderle.

–Muchas gracias, Carter. Es muy generoso

por tu parte –le dijo, sonriendo–. También te agradezco que me invitases al rancho y, bueno, todo.

–De nada, cariño.

–Quería decirte que en cuanto la posada esté terminada, me marcharé.

–¿Cuándo? –preguntó él con el ceño fruncido.

–He hablado con mi agente y… tengo que ir a hacer una prueba antes del fin de semana.

–¿Este fin de semana? Si sólo faltan tres días.

–Lo sé, pero ha llegado el momento de que me enfrente a mi vida.

Él suspiró, resignado, no intentaría hacer que Macy cambiase de opinión. Ambos habían sabido desde el principio que aquello era solo temporal.

Ella se preguntó si Carter la echaría de menos.

Él le apartó el pelo de la cara y la besó en la frente, en las mejillas y en los labios.

Esa noche, le hizo el amor apasionadamente. Y con cada beso, con cada caricia y con cada orgasmo, Macy se fue sintiendo más y más enamorada de él.

¿Y Carter?


Macy salió a la terraza a respirar el aire salado procedente del Pacífico. En ocasiones, cuando el día estaba muy claro, podía ver el mar desde allí, pero aquel no era uno de esos días.

Desde que se había marchado del rancho había estado prácticamente sola en su piso de Brentwood. Solo había salido para comprar comida y había tardado varios días en volver a acostumbrarse a Los Ángeles.

Carter la había llevado al aeropuerto, la había dejado marchar, y ella se había despedido susurrándole al oído:

—Nunca te olvidaré y, por favor, reflexiona acerca de tu padre.

Luego se había dado la vuelta y se había marchado sin mirar atrás.

Pero no podía dejar de pensar en él a pesar de saber que no la amaba.

Carter llevaba ocho días trabajando de sol a sol y, aun así, no había podido deshacerse de la sensación de que había perdido algo valioso, algo que no podría reemplazar. Se había sentido tentado a llamar a Macy muchas veces, pero no lo había hecho.

Sin saber por qué, fue hacia su coche seguido de Rocky, subió a él y se puso a conducir sin un destino concreto.

Atravesó el pueblo y se dirigió a casa de su padre. Aparcó el coche delante enfrente de la puerta y suspiró.

Bajó del Jeep y le dijo a Rocky:

–Serán solo diez minutos y nos marcharemos de aquí.

Rocky emitió un suave ladrido.

Una hora después, volvía hacia el rancho, pero se desvió para parar en la posada. Pensó en la misteriosa estatua del Corazón Dorado y en su amigo Roark.

Prefería pensar en cualquier cosa que le distrajera la mente con tal de no pensar en Macy.

Nada más llegar, vio a Bill Fargo.

–¿Cómo va todo? –le preguntó.

–Bien. Todo está muy tranquilo, demasiado tranquilo, la verdad, sin Macy buscando problemas.

–Sí –admitió Carter, mirando al otro hombre a los ojos.

–No te había visto desde que se marchó.

–He estado ocupado.

–Supongo que sí. Ocupando ignorando la verdad. O con miedo a enfrentarte a ella –dijo Bill.

Carter debía haberse ofendido al oír aquello, pero supo que Fargo tenía razón.

–¿A qué crees que le tengo miedo? –le preguntó.

Fargo se quitó el sombrero y se pasó rápidamente la mano por el pelo cano.

–Yo también estuve así hace un tiempo y dejé escapar a la mujer de mi vida. Siempre me he arrepentido. No me gustaría que a ti te pasase lo mismo.

–¿A mí? No me ocurrirá, no lo permitiré.

–No consientas que el orgullo se interponga en tu camino, hijo. Si te importa Macy…

–¿Y cómo sé si ella siente algo por mí? –le preguntó Carter–. Se marchó en cuanto le di el anillo.

–¿Consiguió lo que quería en realidad? ¿Es eso lo que piensas? Si de verdad piensas que lo que quería era el anillo, estás muy equivocado. Y sería una pena que dejases que tus miedos te impidiesen averiguar la verdad.

Carter respiró hondo. Cambió de tema y estuvo allí un par de minutos más.

Al día siguiente, después de pasarse el día sin conseguir concentrarse en nada, fue a buscar a Bill Fargo para terminar la conversación del día anterior, pero no lo encontró.

Así que fue a su habitación a darse una ducha.

Fue entonces cuando se dio cuenta de que había una caja de terciopelo negra encima de la cómoda.

Y una nota.

Abrió la caja y se dio cuenta de que era uno de los anillos de Tina Tarlington.

Leyó la nota:

*Querido Carter:*
*En la subasta de Waverly's, compraste un anillo*

*muy caro de Tina Tarlington, pero yo te arrebaté el primero. Adoraba el trabajo de Tina y la adoré a ella, pero lo nuestro no pudo ser.*

*Eres un buen hombre y te has enamorado de la hija de Tina, estoy seguro. Me gustaría que le devolvieras este anillo. Puedes hacerlo para hacerme un favor a mí, o para demostrarle tu amor, lo que prefieras, pero yo aprovecharía la oportunidad.*

*Macy vale mucho más que un anillo de diamantes.*

*Bill*

Carter estudió el anillo y la garantía de autenticidad del mismo y se quedó de piedra.

Cerró los ojos un instante, emocionado. Lo había querido negar, pero en esos momentos estaba seguro.

No tenía ni idea de quién era Bill Fargo en realidad, pero sí sabía que le estaba muy agradecido.


Macy miró al vaquero que tenía delante y cuando el director les dijo que entrasen en acción, dijo su frase y se acercó a él montada a caballo.

El vaquero dijo sus frases, luego la agarró y la bajó del caballo con dificultad.

Al parecer, a aquel vaquero le faltaban horas de gimnasio.

Macy no pudo evitar hacer comparaciones.

Ronny Craft no tenía nada que ver con Carter McCay.

Esa tarde, de camino a casa, paró a comprar huevos y verdura. Dando un tranquilo paseo, estaba llegando a su edificio cuando vio detrás de ella la sombra de un hombre alto con sombrero de vaquero.

–Ronny –le dijo, agarrando con fuerza la bolsa de la compra–, ya te he dicho que no voy a salir contigo.

–¿Quién es Ronny?

Macy reconoció la voz y se giró con tanta rapidez que se le cayó la bolsa.

–¿Carter?

Él le dedicó una devastadora sonrisa.

–Hola, Hollywood. Te he echado mucho de menos.

–Y… yo a ti –le respondió sorprendida–. ¿Qué estás haciendo aquí?

–¿Tienes un rato para hablar? –le preguntó él, poniéndose serio.

Ella asintió.

–De acuerdo.


Fueron a su casa y allí, mientras ella colocaba la compra, Carter empezó a contarle:

–El otro día fui a ver a mi padre. Estuvimos hablando.

–Eso está bien.

–Rocky también vino.

—Apuesto a que Riley se alegró mucho –comentó Macy.

—Supongo que sí –admitió Carter, encogiéndose de hombros.

Macy pensó que era un comienzo. Esperó a que Carter le contase algo más, pero se mantuvo en silencio.

Pasado un rato Carter cambió de expresión y añadió:

—Jamás pensé que podría volver a hacerlo.

—¿El qué? –preguntó ella con un fino hilo de voz.

—Pensé que estaba enamorado de Jocelyn, pero en realidad no la conocía. Y me he dado cuenta de que no la quería. Ahora estoy seguro.

—¿Sí?

Carter la miró fijamente a los ojos.

—Sí, completamente seguro. Porque ahora sí que estoy enamorado. De ti, Macy.

Ella se apoyó en la nevera, feliz de repente. El corazón le latía de alegría y las piernas le temblaban.

—¿De verdad?

—Sí. De verdad. Te quiero. Jamás pensé que podría enamorarme. No quería ni pensar en el matrimonio ni en tener una relación estable, pero entonces te vi aquella noche en Nueva York…

—Y me rescataste.

—Fue el destino, Macy.

Ella lo miró a los ojos, consciente de lo duro que era aquello para él. Así que decidió intervenir ella también para expresarle lo que sentía:

–Yo también estoy locamente enamorada de ti –le confesó–. Que conste.

Carter cerró los ojos un instante, los volvió a abrir.

–¿Vas a besarme ya? –le preguntó ella.

–No, todavía no. Antes quiero decirte que voy a arreglar el cenador. Y que quiero que utilices la posada para tus clases de teatro. Quiero que enseñes allí, Macy. Y también quiero que seas mi esposa y vivamos juntos en el rancho hasta que el sol se ponga por última vez para los dos.

Macy estaba muy emocionada y no podía contenerse.

–Oh, Carter...

–Y hay más –le dijo él, arrodillándose y sacando un anillo–. Este anillo solo puede estar en un sitio. En tu dedo.

Macy se tapó la boca, asombrada, estaba a punto de echarse a llorar.

–¿El anillo de mi madre? Pensé que jamás volvería a verlo. ¿Cómo has...?

–Ya te lo explicaré luego –le dijo él en tono cariñoso.

Luego le tomó la mano con suavidad y continuó:

–Macy Tarlington, prometo quererte, protegerte y hacerte feliz durante el resto de nuestras vidas. Quiero que seas mi esposa y la madre de mis hijos. Ven a vivir conmigo al rancho. Ven a casa.

Macy no lo dudó. El rancho era su casa y quería a Carter con todo su corazón. Lo había querido desde el primer instante.

–Sí, Carter. Te quiero –le respondió emocionada, en un susurro.

Él le puso el anillo y Macy empezó a llorar de felicidad.

–Me queda bien.

Carter rio y por fin la beso apasionadamente. Luego la tomó en brazos y salió con ella de la cocina.

–¿Dónde está tu dormitorio? No sabes cómo te he echado de menos.

Macy sonrió y le acarició la mejilla antes de señalarle el camino.


Después, cuando el sol ya se había puesto y ambos estaban saciados, Carter le contó cómo se había hecho con el anillo.

–Así que, gracias a Bill, voy a tener un marido maravilloso –dijo ella.

Carter le dio un beso en la mejilla.

–Y yo una esposa que es una bella estrella de Hollywood y una gran actriz –respondió él, guiñándole un ojo–. No son muchos los texanos que han tenido esa suerte.

Ella pensó que salía ganado, pero no se lo dijo a su sexy vaquero.

No era tan tonta. Solo había tenido mucha suerte.

En el Deseo titulado
*El arte de seducir,*
de Yvonne Lindsay,
podrás continuar la serie
SUBASTAS DE SEDUCCIÓN